간도진위대

간도진위대

1판 1쇄 찍음 2014년 7월 16일
1판 1쇄 펴냄 2014년 7월 21일

지은이 | 듀이 문
펴낸이 | 정 필
펴낸곳 | 도서출판 뿔미디어

편집장 | 이재권
기획 · 편집 | 윤영상

출판등록 | 2002년 9월 11일 (제1081-1-132호)
주소 | 부천시 원미구 상3동 533-3 아트프라자 503호 (우)420-861
전화 | 032)651-6513 / 팩스 032)651-6094
E-mail | bbulmedia@hanmail.net

값 8,000원

ISBN 979-11-315-2580-7 04810
ISBN 978-89-6775-332-0 04810 (세트)

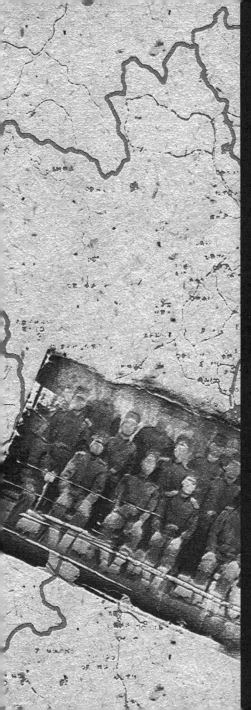

듕이문 대체 역사 소설

間島鎮衛隊 간도진위대

6

행군하는 어느 병사의 입에서 나직이 군가가 흘러나왔다. 일제에 빼앗긴 강토를 되찾기 위한 첫 출정.

그 설렘 때문인지, 그의 노래가 행렬에서 조그맣게 맴돌기 시작하더니 이내 천군으로 길게 퍼져 나갔다.

이윽고, 간도 화룡골짜기에 간도진위대(間島鎮衛隊)의 군가가 힘차게 메아리치며 한가득 흘러 다녔다.

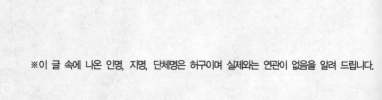

차례

제1장

정재관(鄭在寬)

청량한 초가을 바람이 막사 출입구를 살며시 열고 들어온다.

가을 바람은 확실히 코끝을 시리게 하는 뭔가가 있다. 온도와 기압의 차에 의해 발생하는 물리적인 현상이라기보다 사람의 감성을 자극하는 묘한 그런 것, 내면에 숨어 있는 온갖 회한, 향수, 자아에 대한 순수한 성찰, 이 모든 것이 한데 어우러진 그런 느낌, 그런 게 내면에서 기분 좋게 바람에 이끌려 나오는 느낌이다.

이 막사 안의 분위기가 그걸 증명한다. 불과 같이 뜨거웠던 여름을 즐거이 추억하듯, 가을에 얻게 될 결실을 잔뜩 기대하는 듯한 그런 분위기.

"오호! 홍범도 장군의 소대가 김좌진 장군과 만났다고?"

"네에? 진짜요?"

"벌써 김좌진 장군님이 간도로 오신다니⋯⋯ 놀랍군요."

"거참. 신기한 일입니다. 청산리 대첩의 두 영웅이 길에서 우연히 만나게 되다니. 이래서 운명이란 게 있긴 있는가 봅니다."

김좌진과 조우한 사실이 주정부에 보고되자, 주정부 인사들의 가슴은 또다시 요동치기 시작했다.

늘 이 시대의 유명 인사, 역사 속의 참된 위인들과 조우할 때마다 마주 대하게 되는 감정들, 설렘, 먹먹함, 흥분과 긴장감 등의 복합적인 심정이 뱃속을 찌릿찌릿하게 만들고 올라와 얼굴까지 달아오르게 한다.

"하하! 그렇다는군요. 그런데 아직 어린⋯⋯ 아니, 무척 젊은 김좌진 장군이죠. 이제 열여섯이나, 일곱쯤 됐을 겁니다."

태진훈 주지사도 이 소식이 무척 반가웠는지 얼굴에 웃음기가 가득했다.

"엥? 그럼 좀 애매하네요. 당장 군문에 들이기도 그렇고."

성영길 부장이 특유의 밝은 웃음과 함께 화답해 준다.

"뭐 일단 당신의 의사를 존중해야겠죠. 아직 사관학교가 설립된 상황이 아니니 간도사범학교에서 일정 기간 교육을 받게 한 후, 사관학교가 개교하면 적을 옮기든지……."

"좋은 생각이네요. 그래도 군부 인사의 의견을 들어보는 게 좋을 거 같습니다."

"그분이 오더라도 너무 흥분하는 일이 없도록 직원들에게 잘 말해 주세요. 관심을 갖고 보되, 너무 아는 척하지 말란 얘기죠."

"하하하! 잘 알겠습니다."

"이번에 한성에서 오는 인재들 수준이 꽤 높은가 봅니다. 각 부서장들은 잘 준비하시고."

"다들 학수고대 하고 있던 일입니다. 염려하지 마십시오."

"근데, 어디쯤 왔답니까?"

"내일 오전 중으로 백두산 남쪽의 유민 픽업 지점에 도착할 거라고 합니다."

"오오! 그럼 거의 다 온 거나 마찬가지네요."

"저…… 그런데 말이죠."

사람들이 웃고 떠드는 와중에 혼자 이마를 찌푸리며 깊은 생각에 잠겼던 법부 부장 한지영이 조심스레 말을 꺼냈다.

"이제 두 달 후면 을사늑약이란 큰 사건이 벌어질 텐데요. 아니, 역사의 흐름이 바뀌었으니 더 앞당겨질 수도 있고 늦춰질 수도 있지만, 이 사건을 기점으로 수많은 애국지사들이 독립운동을 위해 망명을 떠나거나 본격적으로 활동하기 시작한다고 알고 있어요. 그렇다면 이 상황에서……."

"일이 그리되면 모두 간도로 오시겠네요."

허정 내부 부장이 맞장구를 친다.

"음…… 을사늑약이라."

다들 아는 얘기지만 막상 '을사늑약' 이란 나라의 치욕적인 대 사건이 코앞에 다가왔다는 생각이 들자 금세 분위기가 숙연해지고 무거워진다.

"그럴 거예요. 훌륭한 독립운동 기지가 이곳에 만들어져 있는데 굳이 실제 역사처럼 상하이나 연해주로 갈 이유가 없죠."

태진훈은 고개를 끄덕이더니 한지영에게 질문을 던졌다.

"한 부장님이 걱정하는 부분이 뭔지 잘 알겠습니다. 하지만 각 부서에서 이들을 맞을 준비를 잘하고 있을 겁니다.

"아뇨. 전 다른 제안을 하려고 이 얘길 꺼냈어요."

"오, 그래요?"

"우리가 준비한 매뉴얼을 조금 수정했으면 합니다. 뒤로 미뤄 두었던 도서관 개관을 앞당기면 어떨까요? 간도로 오실 그분들을 위해서 말이죠."

"흠…… 무슨 뜻인지 짐작은 가는데, 그래도 이유를 들어 볼까요?"

태진훈은 한지영의 의도를 이미 간파했지만 모두가 공유할 필요가 있기에 제안의 의도를 풀어놓게 했다.

"역사에서 검증이 된 인물이라 하더라도 애국지사들의 성향과 출신이 많이 다르다고 알고 있어요. 그러니 그분들의 사상적 지향점과 정치 성향 또한 제각각일 겁니다. 물론 사상을 통일하잔 얘긴 아니고요. 그분들에게 되도록 많은 정보를 제공해 이 시대와 이 시대가 낳은 사상들을 폭넓게 통찰할 수 있는 기회를 제공하잔 얘기죠."

"그러니까 스스로 많은 것을 느끼게 하자?"

"그래요. 우리가 앞으로 간도에서 시행할 정책들의 철학적 토대에 대해 더 깊게 이해하고 따라올 수 있게 하자는 얘기죠."

"하하! 좋은 생각입니다, 한 부장님. 지금도 각 부서에서 여러 서적 데이터들을 이 시대에 맞게 편집하는 작업을 진행 중인 걸로 아는데 그중 일부를 프린트해서 책으로 내어놓으면 되지 않겠습니까?"

태진훈은 조금 더 구체적으로 들어갔다.

"그래요. 대신 좀 섞어 놓았으면 합니다. 이 시대에 서양에서 편찬된 원전을 분야 별로 내어놓고, 이를 비평하는 서적이나 논문도 같이 구비하면 더 좋겠죠. 그리고 이 책들의 저자는 같이 넘어온 우리 학자들 이름으로 하고요."

한지영의 말이 끝나자 성영길이 너스레를 떨며 나섰다.

"하하하! 이거 지적재산권을 완전히 침해하는 행위인데요? 미래의 저작자들이 알면 이런 날강도 같은 놈들이라 욕하겠습니다그려. 뭐 걔들한테 진짜 욕먹을 일은 없을 테니, 최대한 다 우려먹죠, 뭐."

"그렇다 해도 다들 학자적 자존심이 있으니, 자기 생

각을 곁들여 조금씩이라도 고쳐서 내놓을 겁니다."

"하하! 맞습니다. 저라도 그렇게 할 겁니다."

그러고 보니 태진훈 자신도 학자였다.

오랜만에 집필할 생각을 하니 손이 근질거리는 모양이다.

"그 도서관은 당장 크게 만들 필요는 없을 겁니다. 책도 정식 인쇄본이 아니라 프린트로 인쇄해 제본해도 되니 금방 만들 수 있을 겁니다. 대신 학계 인사들이 작업하는 시간은 좀 필요할 테지요."

학부 부장 전소연의 말에 태진훈은 크게 고개를 끄덕이며 동의한다는 표현을 했다.

"어차피 앞으로 설립될 대학교에서 쓸 교재도 만들어야 하니까 미리 해 두는 것도 나쁘지는 않을 겁니다. 인쇄기 개발이 아직 끝나지 않은 상황이라 프린터 기계가 살아 있을 때, 미리미리 해 둡시다. 조그만 도서관 하나 채울 정도라면 어려운 일이 아니니까요."

한지영 부장이 제안한 이 안건은 여러 가지로 의미가 있는 일이었다.

새로운 지식에 목마른 이 시대 애국지사들에게 간도에서 일하며 공부할 수 있는 기회를 준다는 의미도 있지만,

사상적 편식을 지양하는 효과, 즉, 지식을 폭넓게 접할 수 있도록 배려하여 서구의 이데올로기들을 비판적으로 수용할 수 있게 하는 효과도 노리고 있었다.

아울러 틈틈이 서로 의견을 나누는, 공론의 장을 만들어 준다는 의미도 있었다. 독립운동가들이 사상적으로 분열되어 힘을 합하지 못하고, 서로 적으로 규정해 무력 충돌까지 일으켰던 후세의 일을 생각하면 꼭 필요한 일이기도 했다.

군부인사들 또한 진위대 사령부에서 회의를 하고 있었다. 이들도 김좌진 장군이 온다는 소식에 환호하기는 마찬가지였다.

"이왕 이렇게 된 거, 육군무관학교를 빨리 개교해야 하지 않을까?"

장순택 진위대장이 먼저 운을 떼자, 회의장의 분위기가 달아오르기 시작했다. 본래 사관학교란 명칭을 쓸 생각이었지만 무관학교란 이름이 더 일반화된 상황이라 이를 따르기로 했다.

"그러게 말입니다. 어디 김좌진 장군뿐이겠습니까? 대한제국군 장교들도 대거 이리로 올 겁니다. 조금 있으면 이학균 참장님도 도착할 테고…….”

“문제는 교재입니다. 이 시대 무기 체계에 맞춰 교리도 수정해야 하고.”

“우리 육군사관학교 교재를 기반으로 서둘러 수정 작업에 들어가야 합니다.”

“특히 요 몇 달간의 교전 기록을 교재에 반영해야 합니다. 그래야 앞으로 일선 지휘관이 마적과 일본군을 상대할 때 효과적으로 작전을 펼 수 있을 겁니다.”

“추 중령, 자네 생각은 어떤가?”

한쪽에서 생각에 잠겨 있는 추영철 중령에게 장순택이 질문을 던진다. 늘 합리적이고 기발한 대안을 제시하는 그였기에 좌중들은 기대 어린 표정으로 그를 바라보았다.

“모두 맞는 말씀입니다만, 교재와 상관없이 먼저 개교를 했으면 합니다. 학부에서 대학교 교양 과정 정도의 교재를 만들고 있는 것으로 압니다. 그러니 먼저 교양 과정을 이수하게 하고, 군사 교육은 조금 늦게 시작해도 된다고 봅니다.”

“역시! 좋은 생각일세. 그렇지. 우리 무관학교가 배출해 낸 장교는 이 시대 최고 지식인이 되어야 마땅하지. 암! 장교가 똑똑해야 사병도 교육시킬 수 있는 거고.”

"저도 이 의견에 찬성합니다."

"그러면 무관학교장은 이학균 장군님께 맞기는 게 어떨까? 지금 그분을 당장 전선에 투입하기 어려우니까 무관학교를 이끌면서 공부도 하시고 우리 식의 전술도 익히시란 의미로 말이야."

"좋은 생각입니다. 그렇게 되면 앞으로 합류할 대한제국군 출신 장병들에게 군 통합의 상징처럼 보이는 효과도 기대할 수 있을 겁니다."

"좋아. 그럼 당장 추진하기로 하지."

"사령관님, 그리고……."

"오! 또 보탤 의견이 있나?"

"지금 전선에서 활약하고 있는 대한제국군 출신 장교나 이번에 승진한 우리 군 출신 장교의 교육을 위해, 무관학교 속성 과정 또한 서둘러 개설했으면 합니다. 이 문제는 오래 전부터 논의해 왔던 사안이니, 이번 기회에 같이 실시하는 게 좋지 않겠습니까? 혹한으로 인해 군사작전을 할 수 없는 동절기마다 교육을 실시하면 될 겁니다."

"추중령의 의견에 다들 찬성하나?"

다른 장교들도 모두 고개를 끄덕여 동의의 뜻을 표했다.

이 과정이 개설되면 일차로 홍범도를 비롯해 선견한국 분견대에서 활약하고 있는 김인수, 추명찬, 현홍근, 김원교 등과 이번에 하사관에서 장교로 승진한 도래인 출신 장교들이 교육을 받게 될 것이다.

"자, 그럼, 이 문제는 이렇게 결론을 내기로 하고. 연해주 상황은 어떤가?"

"러시아와 일본 장교들이 모여 연일 회의만 하고 있답니다. 슬라비안카 부근 지역에 대한 국경선 획정 문제 때문이랍니다."

"그럼, 그 문제가 합의가 되어야 움직이기 시작하겠군."

"조금 시간이 필요할 겁니다. 그 이후 철군을 하든, 군을 재배치하든, 어떤 움직임을 보일 거라 생각합니다."

"알았네. 그럼 우리도 당분간 감시만 하면 되겠군. 남부 전선은 어떻게 돌아가고 있나?"

"대부분의 부대가 목표 지점으로 이동을 완료했고, 곧 작전에 돌입할 겁니다."

"하하! 이번에도 홍범도 장군님의 활약이 기대되는군."

"워낙 작전 지역에 대해 잘 알고 계시니 성공적으로

해내실 겁니다."

참모의 말에 빙긋이 웃으며 동의를 표한 장순택은 작전 지도로 시선을 돌렸다. 그의 눈은 지금쯤 홍범도 소대가 있을 법한 지점에 고정되었다.

바람결에 따라 춤추는 불꽃은 사방으로 빛의 입자를 뿌려 대고, 주변을 뒤덮은 어둠에 너울너울 빛과 어둠의 굴곡을 만들어 낸다.

이 불꽃의 정체는 일본군 헌병대 주재소 앞에 걸린 횃불이었다.

갑산 읍내는 짙은 어둠에 뒤덮여 있었지만 유독 이곳만 불이 밝혀져 있어 묘한 풍경을 연출하고 있었다. 멀리서 보면 검은 종이에 흰 점 하나가 찍힌 것 같은 그런 모양새였다.

오늘 낮, 홍범도는 민간인 복장을 하고 갑산에 다녀왔다. 그렇게까지 해야겠냐는 소대원들의 반대가 있었지만 소대장이 직접 보고 와야 정확하게 작전을 지휘할 수 있다며 고집을 부렸다.

홍범도는 믿을 만한 지인들을 만나 정보를 얻기도 하고, 직접 헌병대 주재소에 접근해 적의 배치 현황이나 숫자를 낱낱이 확인하고 돌아왔다.

이제 밤이 되자 부하들을 이끌고 갑산 읍내로 다시 들어온 홍범도.

그의 소대는 먼저 전신선을 절단해 적을 고립시킨 후, 조심스레 주재소로 접근해 갔다. 아직 먼 지점이었지만 여기서 쉬며 잠시 숨을 고르기로 했다.

주재소의 앞의 횃불을 보자 눈이 따가워진 홍범도는 야시경을 벗었다.

"흠, 역시 좋군."

뭣이 좋다는 건지 모르지만 깊이 들숨을 쉬는 모습을 보니 이곳의 밤공기가 좋다는 뜻인가 보다.

하지만 홍범도의 입에서는 다른 얘기가 흘러나왔다.

"언제 봐도 신기하구마. 이걸 쓰면 대낮같이 보이니 말이야."

홍범도의 혼잣말을 들은 황선일 상사는 살짝 웃음을 지었다.

"선임하사님, 이제 시작하는 게 어떻겠소?"

황선일은 소대장의 정중한 말투를 듣자 또다시 고개를 절레절레 흔들었다.

"에혀! 알겠습니다. 자, 모두 출발!"

황선일은 대기하던 소대원들에게 나직이 명령을 내렸다. 명령이 떨어지자 소대원들은 각자 자리 잡을 지점을 향해 조심스레 전진해 갔다.

적 경계병들은 흰 이를 드러낸 채, 잡담을 나누고 있었다.

그리고 얼마 후, 밤의 정적을 찢어 내는 '탕' 하는 소음과 함께 둘은 나란히 쓰러졌다. 이 총성 때문인지 적의 숙소에 불이 밝혀지고 소란스러워지기 시작했다.

그사이 홍범도는 손짓으로 더 접근하라 명령했다. 소대원들이 자리를 잡음과 동시에 적 병력 두 명이 출입구로 뛰어나왔다. 무슨 일이 일어났는지 보러 나온 모양이었다. 그러자 어김없이 총소리가 나며 두 병사 또한 쓰러졌다.

"억!"

밖의 상황을 알아보기 위해 내보낸 두 병사의 비명 소리와 총성이 들리자 적은 이내 포위된 상황임을 알아챘는지 더 이상 병사를 내보내지 않았다.

"안 나와? 짜식들! 그러면 우리가 더 좋지."

이 말을 한 김종선 중사는 이어질 행동에 대한 동의를 구하기 위함인지 홍범도에게 시선을 돌렸다. 홍범도가 고개를 끄덕이자 분대원 한 명과 더불어 조심스레 건물로 접근하더니 열린 출입구 옆에 몸을 바짝 붙이고, 수류탄의 안전핀을 제거하여 건물 안으로 던져 넣었다.

수류탄 두 발이 동시에 터지자 단말마 같은 비명 소리가 숙소를 가득 메웠다.

홍범도는 즉시 소대원을 이끌고 건물 안으로 뛰어 들어가 아직 살아 있는 적을 모두 사살했다. 생각보다 싱거운 전투였다.

총성과 소음에 놀란 갑산 읍내의 민가들에서 하나둘 불이 켜지기 시작했고, 동작 빠른 주민들은 어느새 방에서 뛰쳐나와 토담 밖으로 고개를 내밀더니 눈을 휘둥그레 뜬 채 두리번거리기도 했다.

"하하! 다들 수고했네."

홍범도는 호탕하게 웃으며 전투를 마친 소대원들을 치하해 주었다.

간도진위대에 합류하지 않았더라면 홍범도는 1907년 이후 산포수 의병들을 이끌고 이와 비슷한 전투를 했으리라.

그는 1907년 11월부터 1년여간 총 60여 회에 달하는 전투를 일본군과 벌였다고 했다. 삼수와 갑산, 북청,

함흥, 혜산의 산악지대를 타 넘으며 동에 번쩍 서에 번쩍 유격전을 벌였고, 그 기간 중 엄청난 수의 일본군을 처치했다고 한다. 이로 인해 그에게 '날으는 홍범도'란 별명이 붙기도 했다.

홍범도의 군대로 인해 치명적인 타격을 입은 일본군은 본격적인 섬멸 작전을 펼치기도 했지만 아무런 성과를 낼 수 없었다. 그러자 부인과 아들을 인질로 삼아 투항을 유도했다. 그러나 홍범도는 뜻을 굽히지 않았고, 그로 인해 아내와 큰 아들을 잃게 된다. 큰 아들의 이름은 홍양순이었다.

홍범도는 병사들에게 휴식을 명령한 후, 그를 알아본 동네 주민들과 인사를 나누었다. 그 때 어떤 중년 남자 한 명이 다가와 그에게 아는 척을 했다.

"허허! 홍 대장. 다시 만나니 반갑군그래. 아주 장한 일을 했네."

"아! 형님 오셨소?"

그는 차도선(車道善, 1863년생)이었다.

함경도 갑산 출신으로 대한제국 진위대 소속의 참교(參校, 하사)였던 그는 1907년 대한제국군이 일제에 의해 강제로 해산된 직후, 풍산을 중심으로 의병을 일으키게 된다. 그리고 홍범도 부대에 합류하여 두 부대—약 400명 규모—의 총대장으로 활약하게 되는데, 이 부대에서 홍범도는 부대장이 된다. 아무래도 홍범도보다 나이가 더 많고 정규군 출신이라 대장으로 임명된 모양이었다.

"저도 왔습니다, 형님."

"어, 양욱이! 반갑네 그려."

홍범도 보다 두 살 아래인 태양욱(太陽郁, 1870년생). 그는 같은 포수 출신이었는데 주로 풍산에서 활동했다고 한다.

갑산과 풍산은 바로 옆 동네이다 보니 두 사람은 서로 친분이 있었고, 차도선 또한 풍산 출신인지라 세 사람 모두 친하게 지내는 사이였다. 이러한 친분으로 인해 세 사람은 후일 같은 의병 진영의 의병장으로 활동하게 된 것이다. 태양욱은 이 의진에서 좌대장이었다.

"그런데 자네는 어쩌다 갑산에 있게 되었나?"

"사냥 나온 김에 잠깐 들렀지요."

"간도의 의군에 들어갔다는 소식은 들었네만 이렇게 늠름한 장교이가 돼서 돌아왔군."

차도선은 홍범도의 부하들을 훑어보더니 부럽다는 표

정으로 말을 했다.

"고맙시오. 그런데 형님은 어찌 지냈슴둥?"

홍범도는 고향 사람들을 만나자 자연스레 함경도 사투리를 구사하기 시작한다.

"그기 이곳 갑산 분견대에서 하릴없이 고조 세월만 보내고 있었네. 왜놈 헌병대와 일진회 놈들 설치는 꼴르 고조 팔짱 낀 채 지켜보기만 할 수밖에 없었지비."

"참느라 힘드셨겠소."

"자네 모습으 보니 후회가 되네. 분견대 대원들과 모의해서 간도로 넘어갔어야 했는데……."

"허허! 디금이라도 늦디 않았소."

"그런가? 고롬 어디로 가야 하네?"

"내가 편지 한 장 써줄 테니 간도의 화룡으로 가기오. 그런데 형님 연세 때메 군인이 되진 못할 거고, 주덩부에서 관원이 되거나 치안대에 들어갈 수는 있을 테니 그래도 괜찮으면 가오."

지금 차도선의 나이가 벌써 40대 중반이었다.

"치안대?"

"마적이나 도적들로부터 백성의 안전으 지키는 일으 하오. 왜놈의 간자들으 잡아들이는 일도 하디요."

"허! 그렇다면야 알겠네. 가 보겠네."

"이제 갑산 지역의 안전은 걱정 말고 훌쩍 떠나시오. 아! 그리고 가족들도 모두 데리고 가오. 그래야 맘 편히 일할 수 있을 테니."

"형님, 저도 가도 되오?"

"물론일세. 이번에 형님이랑 같이 가게."

이렇게 해서 후일 의병장이 되는 두 인물이 간도로 합류하게 되었다.

홍범도의 소대 이외에도 이 지역에 파견된 부대들은 동시다발적으로 일본군 헌병대와 소규모 일본군 진지를 공격했다.

이로 인해 함경남도의 삼수, 갑산, 장진군과 평안북도의 자성군과 후창군에 배치되어 있던 일본군 헌병대와 일본군 모두가 궤멸되었다.

이 작전이 끝난 것은 9월 10일경이었다. 이로 인해 개마고원 전 지역의 일본군이 정리되었다.

이 작전이 끝나자 간도군 3연대 1대대 병력과 특전대의 갑산 및 장진지구대 병력은 담당지역을 세밀하게 나눠 분담한 후, 각 지역 요처의 산간지대에 진지를 구축하고 본격적으로 유격전을 시작하게 된다.

북태평양의 물기를 담은 서늘한 바람이 활짝 열린 창을 통해 거침없이 몰려 들어왔다. 이맘때의 샌프란시스코는 너무 하다 싶을 정도로 쾌청한 날씨를 자랑한다. 오죽하면 '비가 그립다' 는 말이 절로 튀어나올 정도다.

"제길! 저놈의 하늘! 사람 속도 모르고 지랄 맞게도 푸르구나."

그는 나지막이 욕설을 내뱉으며 창이 구획해 놓은 모난 하늘을 하염없이 올려다보고 있었다.

스물여섯의 나이, 갸름한 얼굴형에 이목구비가 시원하게 자리 잡은 잘생긴 청년. 미동도 하지 않은 채 한참 동안 하늘을 바라보던 그. 어느덧 그의 볼에 한줄기 눈물이 흘러내린다. 이 눈물의 의미가 슬픔이 아닌 분노라는 사실은 꽉 움켜진 그의 손만 봐도 알 수 있었다.

창문 옆 탁자 위엔 그가 조금 전에 읽었을 법한 신문이 구겨진 채 뒹굴고 있었다. 그래도 1면의 머리기사만큼은 워낙 큼직한 글씨로 인쇄돼 있어 충분히 읽을 수 있었다.

포츠모스 회담 극적 타결, 러일전쟁 종전! 대한제국, 일본제

국의 손아귀에 들어가……

황급히 소매로 눈가의 물기를 훔친 그는 손에 들고 있던 술병을 거침없이 입으로 가져갔다.

낮술이다.

평소 웬만한 일에 평정심을 잃지 않던 그였다. 그 때문에 지인들이 철두철미하고 차가운 성격의 소유자라 평가할 정도였다. 그러나 겉으로 드러난 모습과 달리 그의 속 사람은 열정적이고 저돌적인 성격을 갖고 있었다. '임무'와 '본분' 때문에 꾸역꾸역 그 성질을 누르다 보니 정반대의 모습으로 드러났을 뿐이다.

"어허! 벌써부터 술인가? 하긴 이런 시국에 술로라도 속을 달래야겠지."

깊은 생각에 잠긴 탓에 누가 들어오는지도 몰랐다.

"아! 안 회장님?"

"회장이 뭔가? 그냥 형이라 부르게."

청년 정재관은 비로소 옷매무새를 가지런히 하고 안창호를 탁자로 안내했다.

둘은 두 살 터울로 스스럼없는 사이였다. 재작년 샌프란시스코에서 만난 이래, 서로 의기투합하여 재미한인들을 규합하는 일을 했고, 비로소 올해 그 결실을 보았다.

지난 4월에 '공립협회(共立協會)'를 창립한 것이다. 초기에 '규합'하는 일의 목적은 서로 달랐을지 몰라도 '공립협회'가 창립되며 하나로 수렴되었다.

재미한인들의 결속을 다지고 조국의 독립운동에 헌신한다는 협회의 설립취지에서 보듯 '친목'과 '독립운동'이란 목표 하에 한인들이 하나로 통합된 것이다.

안창호는 특유의 친화력과 포용력, 솔선수범하는 리더십으로 재미한인들의 구심점이 되기에 충분한 인물이었다.

정재관은 곁에서 그런 안창호를 볼 때마다 마음이 든든했다. 안창호 또한 의기가 남다르며 일처리가 똑 부러지는 후배 정재관을 아끼고 있었다. 둘의 사이가 이랬으니 원 역사에서 두 사람은 어느 시점까지 같은 길을 걷게 된다. 1907년 안창호가 먼저 귀국해 신민회 운동에 뛰어들게 되고 정재관은 미국에 남아 공립협회 회장이자 공립신보 주필, 북미지역한인회 총회장직을 역임하다 귀국, 1909년부터 연해주에서 활동하게 되지만, 결국 안창호도 연해주로 들어와 같이 힘을 합하게 된다.

후일 독립운동 과정에서 민족개조론, 실력양성론 등을

내세워 독립전쟁론자들에게 비판을 받기도 하는 등, 그에 대한 평가가 엇갈리게 되나, 안창호 또한 끝까지 변절하지 않은 지사임에는 분명했다.

두 사람은 한동안 멍하니 앉아 있었다. 그만큼 포츠머스 회담의 결과가 둘에게 충격적이었던 것이다. 방 안의 정적을 먼저 깬 것은 안창호였다.

"이미 예상했던 일 아닌가. 너무 상심하지 말게나."

둘은 요 근래 무척 바쁜 나날을 보내고 있었다. 협회 사무실이 들어갈 건물도 물색하고 기관지인 공립신보(共立新報) 창간도 한창 논의하고 있던 상황이었다.

"예상했더라도 막상 나라의 운명이 공식적으로 왜놈들의 손에 들어갔다는 기사를 읽고 보니 울화가 치밀어서 참을 수가 없소."

그 이야기를 하는 정재관의 눈동자에 또다시 습막이 어렸다. 안창호는 손을 내밀어 정재관의 손을 잡아 주었다.

"우린 우리 일이나 열심히 하세. 그게 조국을 위한 일 아니겠는가?"

정재관은 고개를 끄덕이더니 서류봉투를 하나 꺼내 놓았다.

"안 그래도 형님 볼 일이 있었는데 잘 오시었소. 며칠 전, 인편으로 한성의 스승님이 보낸 편지외다. 한 번 읽어 보시오."

"스승님이라면…… 보재 이상설 선생?"

"그렇습니다."

정재관은 한성사범학교 출신이었고 이상설은 그 학교의 교관이었다.

"어디 보자…… 흠…… 이건 뭐지? 지난 8월 4일자 신문을 보라고?"

안창호의 혼잣말에 반응해 정재관은 스크랩된 신문 기사 몇 장을 탁자 위에 꺼내 놓았다. 기사를 유심히 읽던 안창호는 분노한 기색이 역력했다.

"아니, 이 사람이! 그렇게 안 봤는데…… 이게 뭔가? 뭐? 일진회를 대표해서 루즈벨트와 면담했고, 우린 일본을 주인으로 선택하는 데 주저함이 없다고?"

"저런 놈들 보면 정말 속이 터집니다. 때려 죽여도 시원찮을 놈들이오."

정재관 또한 이를 갈며 욕설을 뱉어 냈다.

안창호가 보고 있는 것은 1905년 8월 4일, '뉴욕 데일리 트리뷴', '스타크 카운티 데모크라트'와 '워싱턴

타임스'에 실린 기사들이었다.

그간 세간에 잘못 알려졌던 이승만의 고종황제 밀사설—포츠머스 회담 와중에 한국이 독립을 보전할 수 있도록 힘써 달라고 부탁하기 위해 고종이 이승만을 밀사로 임명해 미 대통령에게 보냈다던—을 깨트린 기사라 할 수 있는데, 실상은 이승만과 윤병구가 일진회를 대표해 미국 대통령 루즈벨트와 면담하게 되었고, 이 자리에서 자신들은 일진회란 단체의 대표로 왔으며, 우리는 일본의 승리를 기뻐한다는 요지로 발언했다는 것이다.

예를 들어 '뉴욕 데일리 트리뷴'은 '러시아 사람들은 줄곧 적이었고, 우리는 이 전쟁(러일전쟁)에서 일본이 이기고 있는 것에 기뻐한다'는 윤병구의 말을 빌려, '일본과 러시아 사이에서 이들은 전자(일본)를 주인(Masters)으로 선택하는 데 주저함이 거의 없다'고 보도했다. 또한 '스타크 카운티 데모크라트'는 같은 내용의 기사에서 아예 '한국은 삼켜질 것을 주저하고 있지만, 러시아보다는 일본의 목구멍을 선호한다'는 제목을 달았다고 한다.

"그런데 보재 선생은 이역만리 떨어진 한성에서 이 기사의 존재를 어찌 알았을까?"

"글쎄요. 저도 잘……."

안창호의 날카로운 질문에 정재관은 말문이 막혔다.

하기야 그도 이 점이 의문이긴 했다. 사실 이 일은 고민우가 벌인 일이었다. 이미 이승만의 정체를 꿰뚫고 있던 고민우는 2011년 8월 21일 H신문에 실렸던 이 기사의 존재를 익히 알고 있었고, 이를 재미 한인사회에 전달해 그의 실체를 까발리고자 했던 것이다.

다만 이상설은 영문도 모른 채 민우의 부탁으로 이런 편지를 썼던 것이다.

안창호는 그럴 줄 알았다는 듯 고개를 끄덕였다.

"이 또한 자네의 비밀이겠지."

"죄송하외다, 형님."

"내 짐작은 가네만…… 누누이 얘기했지만 자네 같은 한성사범학교 출신의 엘리트가 사탕수수 일꾼들 틈에 섞여 도미한 것도 이해가 안 되고 말이야."

실제로 정재관은 1902년 12월 한미 양국의 합의에 따라 하와이 사탕수수 노동자들을 공개적으로 모집할 때 이민신청서를 냈다.

그래서 제1차 하와이 이민선 갤릭호를 타고 하와이에 들렀다가 곧바로 샌프란시스코로 건너왔다고 한다.

"그건 형님도 마찬가지 아니오?"

안창호는 정재관처럼 하와이 이민선을 타고 오지는 않았지만, 샌프란시스코로 흘러 들어온 몇 안 되는 지식인 중 하나였다.

"나야 유학이 목적이었지만 자넨 무슨 목적으로 왔나?"

"그 얘긴 이제 그만합시다. 지난 얘기로 시간 다 보낼 셈이오?"

정재관은 이곳의 동지들에게 자신의 진짜 신분을 밝히지 못해 늘 속으로 미안해했다.

"하하! 알았네. 역시 자네는 과거 이야기만 나오면 요지부동이구먼."

"그리고……."

"또, 뭔가?"

"또 다른 소식도 왔소. 형님이 짐작하시는 그분이 제게 명령을 내렸어요. 최대한 빨리 귀국하라고."

"허허! 이런……."

"죄송하외다."

"휴! 이를 어쩐다."

안창호는 포츠머스 회담 소식을 들은 것보다 더 실망

이라도 한 듯, 깊은 한숨을 내쉬었다.

"명령을 따르지 않을 수는……?"

"……없습니다."

안창호는 그에게 명령을 내린 이를 황제라 짐작했다.

그는 정재관을 대한제국 정부의 관리 혹은 황제의 '밀사'로 추측한 것이다. 하지만 실상은 조금 달랐다.

"하기야…… 때가 때인지라. 자네 같은 인재는 고국으로 돌아가 활동해야겠지. 이왕 일이 이렇게 된 거, 같이 일할 사람들 몇 명 수소문해 가지 그러나. 말은 안 하고 있지만 지금 분기가 탱천해 엉덩이가 들썩거리는 인사들이 한둘이 아니라네."

"그럼 형님도?"

"아니야. 이제 공립협회를 조직하고 일을 시작했는데 회장인 내가 빠지면 어떻게 하겠나? 여기 사람들은 우리 동포 아닌가?"

"맞는 말이긴 하오."

정재관은 안창호의 말에 금세 수긍했다.

"자넨 누굴 생각하나?"

"너무 많은 사람을 빼 가면 형님이 곤란해지니 강이 형하고만 같이 가겠소."

"이강?"

"그렇소."

"흠……. 이강이라면 여기도 타격은 크겠지만 도움이
될 만한 사람이니, 그럼 자네가 직접 설득해 보게나. 뭐,
설득할 필요도 없을 걸세. 말만 들으면 그냥 따라 나서겠
지."

이강(李剛)은 안창호의 동갑내기 동지였다.

의친왕 이강(李堈)과 한자만 다른 동명이인으로, 그
또한 평생 독립운동에 헌신했던 인물이었다.

안창호를 돌려보낸 정재관은 며칠 전 받은 기밀문서를
품에서 다시 꺼내 들었다.

화학비사법으로 작성된 이 명령문은 안창호에게 말한
얘기와 조금 다른 내용을 담고 있었다.

이 명령서를 받는 즉시, 해삼위를 거쳐 간도로 들어가되 지
인들에겐 행선지를 한성이라 밝힐 것. 간도에 도착하면 폐하의
명령서가 도착해 있을 터, 그곳의 인사들과 힘을 합쳐 임무를
수행하라. 해삼위에 도착하면 밑에 부기된 주소지로 찾아 가서
간도로 안내해 줄 사람과 접촉하고…….

정재관은 간도에서 할 임무가 샌스란시코의 일과 같을 것이라 생각했다.

정보를 수집하고 주민들을 규합해 조국 독립운동에 헌신하도록 유도하도록 하는 일 말이다.

"간도라……."

정재관은 이 말을 하며 고개를 갸웃거렸다. 이곳의 일이 이제야 자리를 잡기 시작했는데 또 다른 임무를 내린 윗선의 명령을 이해하기 어려웠던 것이다.

사실 이 명령서를 쓴 인물은 황제가 아닌 제국익문사의 수장이었다.

태진훈 주지사는 민우에게 입버릇처럼 말하곤 했다.

이 시대의 제국익문사 요원 중 그가 가장 중요한 인물이라고. 그의 말대로 정재관은 가장 제국익문사 요원다운 모습을 보인 인물이라 할 수 있었다. 굵직한 역사적 사건에 언제나 그의 이름이 등장하곤 했다.

몇 년 후, 1908년 이곳 샌프란시스코에서 큰 사건이 하나 터진다. 이른바 '스티븐스 저격 사건'. 대한제국의 내정에 간섭하기 시작한 일제는 일찌감치 미국인 스티븐스를 한국의 외교고문으로 임명한다. 그리고 1905년 한국의 외교권을 강탈한 일제는 스티븐스에게 밀명을 내려 미국으로 파견한다. 샌프란시스코로 건너 온 스티븐스는 '한국이 일본의 보호국이 된 건 한국에 유익한 일이고, 한국 국민들을 이를 환영한다'는 취지의 인터뷰를 하고 다녔다.

이에 격분한 한인단체들은 즉시 총회를 열고 당시 공립협회 3대 회장이었던 정재관을 포함, 최정익(崔正益), 문양목(文讓穆), 이학현(李學鉉) 등 4인을 대표단으로 임명해 스티븐스를 만나 정식으로 항의하게 한다.

발언을 취소하라는 대표단의 요구에 스티븐스가 계속 불응하자, 정재관이 분노를 참지 못하고 주먹으로 그의 목을 쳐 쓰러뜨렸고, 이에 동행했던 이들도 합세해 의자와 주먹으로 구타했다고 한다. 그리고 다음 날 스티븐스는 오클랜드 부두 페리 정거장에서 전명운(田明雲)과 장인환(張仁煥)이란 두 한국인 청년의 권총에 맞아 죽게 된다.

그런데 재미있는 것은 이 둘이 서로 모르는 사이였다는 사실이다.

그저 같은 시간, 같은 장소에서 개인적으로 울분에 찬 두 인물이 거의 동시에 스티븐스를 저격한 것이다.

과연 그런 일이 가능할까 싶지만 당시 미 당국의 수사

기록에는 그렇게 기록되어 있었다. 이 일로 전명운과 장인환은 동포들로부터 '의사'란 소리를 들을 정도로 유명해졌다. 여기까지가 기존 역사에 드러난 '스티븐스 저격 사건'의 전말이었다.

하지만 이 일을 심각하게 받아들인 일제는 이 사건의 배후를 밝혀 내기 위해 치밀하게 조사하기 시작한다. 그리고 이 조사 자료가 후일 세상에 공개되면서 이 사건의 전모가 드러나게 된다.

일제는 정재관을 이 사건의 기획자이자 '교사자(敎唆者)'로 지목했다. 또한 정재관이 미국에 오기 전 고종황제의 '시종무관(侍從武官)' 즉, 황제의 경호원이었다는 사실도 밝혀 낸다.

그 이후, 세상을 뒤흔든 엄청난 사건에도 어김없이 그의 이름이 등장하게 된다.

바로 안중근 의사의 이토 히로부미 처단 사건.

정재관은 당시 미국에 체류하던 이상설—그는 1907년 이준, 이위종과 더불어 헤이그 밀사로 파견됐다가 귀국길이 막히자 미국으로 들어왔다—과 더불어 1909년 한성을 거쳐 연해주로 들어가 다시 활동을 재개하게 된다.

이곳에서도 어김없이 대동공보(大東共報)란 신문을 간행하며, 주필의 신분으로 독립운동에 힘쓰던 정재관은 이토의 하얼빈 방문 소식을 제일 먼저 알게 된다.

그리고 그의 주재로 대동공보사에서 대책회의가 열리게 된다. 이 자리에 있던 이는 이강과 안중근을 포함, 아홉 명이었다고 한다. 이 자리에서 정재관은 이토를 처단할 천재일우의 기회라고 역설했고, 안중근은 자신이 소임을 맡겠다고 나섰다. 이 사실 또한 일제가 남긴 문서를 통해 세상에 알려지게 된다.

일제는 하얼빈 사건을 조사하며 이 사건의 배후에 고종이 있다고 결론— '배일(排日)의 본원은 물론 한국 황제' 라는 기록과, '재작년(1908)년 경성과 평양 사람 다수가 연해주로 와서 반일활동을 종용한 것도 궁정(황제)이 준 돈 때문에 가능했으며, 작년(1909년) 10월 하얼빈의 흉변 사건도 궁정(황제)이 연추의 최재형을 선동해서 이뤄진 것' 이라는 기록— 내렸다.

즉, 이 사건을 전후해 황제 측근들의 행동이 눈에 띨 정도로 확연히 늘어났고, 수많은 황실 자금이 지원됐다는 점을 그 근거로 든 것이다. 또 일제가 작성한 문서에 이 사건과 관련해 등장한 인물도 무척 많았다.

정재관을 포함, 최재형, 최봉준, 이강, 헐버트, 현상건 등의 유명인사와, 송선춘, 조병한, 이상운 등의 현장 요원들의 이름도 거론되었다.

그리고 일제는 이 사건의 기획자로 '정재관'을 정확하게 지목하게 된다. 그 근거로 '스티븐스 사건'의 배후였던 인물이자 황제의 시종무관이었다는 사실을 들었다.

또 몇 달 전, 연해주로 오기 전에 미국에서 발행한 '신한민보'란 신문에 한국인이 이토 히로부미에게 권총을 겨누는 삽화를 싣게 했고, 대동공보사에서 회의를 소집해 안중근에게 사주했다는 점 등을 근거로 들었다.

정재관이 사건 두 달 전에 한성에 있었으며 이때 무엇을 했는지 알 수 없었다는 일제 당국의 보고서도 있었다.

하지만 태진훈 주지사는 사건 기록을 뒤지다 이때 정재관이 헐버트 및 네 명의 지인들과 함께 오성근(吳聖根)이란 사람의 집에 가서 뭔가를 의논했다는 기록을 찾아냈다고 한다.

헐버트는 고종황제가 가장 믿고 의지했던 외국인 친구였다.

그는 이상설과도 막역한 관계였고, 한성사범학교에서 외국인 교관으로 근무한 적도 있었기에 정재관과도 사제

지간으로 얽혀 있는 사이였다.

또한 일제 당국의 보고서 중 하나는 하얼빈 사건의 외국인 배후로 헐버트를 지목하기도 했다고 하니, 이 자리에서 정재관이 모종의 지시를 받았을 가능성이 있다는 추론을 하기도 했다.

정리해 보면 정재관은 이 사건을 전후로 무척 복잡한 동선을 보여 주고 있었다.

몇 달 사이에, 샌프란시스코에서 한성으로, 한성에서 다시 블라디보스톡으로, 거기서 다시 한성에 돌아왔다가 연해주로 넘어갔다고 하니, 이 기간에 많은 일들이 있었으리라.

정재관은 이후로도 세상을 뜰 때까지 독립운동에 헌신하게 된다.

실제 역사보다 무척 이른 정재관의 귀국은 민우가 기획한 일이 아니었다.

민우를 통해 국제 외교가의 실상을 낱낱이 파악한 황제가, 미국보다 간도에서 할 일이 더 많을 것이라 여겨 제국익문사 수장을 통해 그에게 명령을 내린 것이다.

제2장

목단강역에서

목단강의 지류인 해랑하.

이 하천의 중류 지점에서 다리를 건설하는 공사가 한창 진행되고 있다. 해병대의 진군로를 따라 도로를 건설하며 이동하던 도로건설 팀이 벌써 이 지점까지 다다른 것이다.

민우와 최봉준이 모아 온 화물이 곧 도착한다는 소식에 도로국은 거의 모든 역량을 이곳 노선에 집중했고, 덕분에 공사가 상당히 빠른 속도로 진척될 수 있었다.

도로라 해 봐야 초목을 베어 내고 땅을 한번 다지는 게 전부라, 도로를 만드는 것은 일도 아니었다.

다만 대지에 실핏줄처럼 퍼져 있는 하천이 문제였다. 건설 팀은 콘크리트 교각 건설을 모두 후일로 미루기로 했기에, 주변에 풍부하게 널려 있는 목재자원을 활용, 통나무로 교각을 가설하고 있었다.

해병대와 2연대 병력이 건넜던 해랑하 하류는 강폭이 넓은 편이었다. 이에 건설 팀은 더 상류 쪽으로 이동해서 상대적으로 폭이 좁은 지점을 선택했다.

워낙 시간이 촉박하다 보니 목단강역 부근에 배치되어 있던 군 병력까지 동원해 공사를 서두르고 있는 상황이었다.

그리고 며칠 후, 민우 일행을 태운 블라디보스톡 발 기차가 드디어 목단강역에 도착했다.

"후읍! 캬! 공기 좋네. 흠냐흠냐, 이게 얼마 만이냐."

여전히 이 시대의 교통수단에 적응을 못하고 있는 민우는 드디어 이 지긋지긋한 여행이 끝났다는 생각 때문인지 열차에서 내리자마자 기지개를 켜고 심호흡을 요란하게도 했다.

"호호! 무슨 숨쉬기를 물마시듯 하시옵니까?"

최란이 민우의 너스레를 웃으며 받아 준다.

그가 자신 앞에서만 왜 이리도 과잉행동을 하는지 이

제 조금 눈치를 챈 모양이다. 그래서인지 민우의 호들갑을 받아 주는 그녀의 표정이 따스해 보인다.

"허……! 완전히 허허벌판이로고."

"그러게 말이오. 역시 빈 땅이란 말이 맞는가 보오."

이학균과 현상건도 감상평을 한마디씩 곁들인다.

그들의 뒤에는 우경명과 이도표가 공손한 자세로 시립해 섰고, 볼터 사장은 호기심이 가득한 눈초리로 주위를 두리번거리고 있었다. 뒤늦게 열차에서 내린 최봉준과 그의 직원들, 특전대 요원들의 모습도 보인다.

"그런데 왜 사람이 없지? 마중 나와 있어야 하는 거 아닌가?"

민우의 말이 끝나기 무섭게 사람들이 하나둘, 역 경내로 모습을 드러내기 시작했다. 그리고 그 뒤를 이어서 수백 명의 군인과 일꾼들이 갖가지 모양의 수레와 말을 끌고 줄을 지어 들어오고 있었다.

이제 사람들 얼굴이 보일까 말까 한 순간, 긴 생머리를 휘날리며 흰 티셔츠를 입은 어느 젊은 여인이 빠른 속도로 그들에게 다가왔다.

민우는 그게 누군지 이내 알아챘다.

"윤희야!"

"선배~!"

윤희는 거침없이 민우에게 다가가 민우의 양 팔뚝을 마주 잡고 반가움에 깡총깡총 뛰더니 민우의 얼굴을 만지작거린다.

"이런! 얼굴 상한 거 봐! 고생 많이 했나 보네?"

민우는 윤희의 머리카락을 헝클어트리며 반가워했다.

"고생 좀 하긴 했지. 넌 잘 지냈냐?"

인사를 나누는 윤희와 민우의 목소리가 더없이 밝다.

"커험! 험!"

"허허! 참으로 거침없는 처자로다."

찰싹 붙어 있는 두 남녀를 보고, 현상건과 이학균은 헛기침을 하며 당황스런 감정을 표현했다. 보기 민망했는지 그들의 시선은 먼 산에 가 있었다.

최란 또한 윤희의 급작스런 출현에 놀란 모양이다.

두 남녀가 해후하는 모습을 지켜보던 그녀의 얼굴이 붉게 물들었다. 그리고 이 와중에도 자신을 놀라게 한 윤희의 얼굴을 곁눈질로 조심스레 살피고 있었다.

이들의 기척에 정신이 돌아온 윤희는 화들짝 놀라 민우의 곁에서 벗어났다. 그녀는 손가락으로 머리카락을 연신 쓰다듬더니 고개를 살짝 숙여 인사를 한다.

민우는 겸연쩍은 얼굴로 뒷머리를 긁적이며 두 사람에게 윤희를 소개했다.

"제 동료 한윤희입니다."

"허허! 동료라…… 그럴 리가?"

"무슨 말씀을…… 동료 맞거든요?"

"시끄럽거든!"

윤희는 민우를 꼬나보며 말끝을 살짝 낚아채더니, 순식간에 태도를 바꿔 두 사람에겐 두 손을 모으고 공손하게 배꼽 인사를 한다.

"안녕하세요, 한윤희입니다. 그런데……."

"이분들은 이학균 참장님과 현상건 참령님이셔."

"뭐? 우와~ 우와~ 진짜?"

"오실 걸 알고 있었잖아?"

"그래도 이분들인지 몰랐지. 진짜 현상건 선생님? 그 유명한 현상건?! 우와! 반가워요, 선생님. 이학균 참장님도."

확실히 윤희가 보이는 감정의 변화 속도는 다른 사람보다 몇 배는 빠르다. 윤희는 마치 연예인 스타라도 본 듯 호들갑을 떨며 두 사람에게 꾸벅꾸벅 고개를 숙이고 인사를 하더니 덥석 손까지 잡는다.

"허허…… 참으로."

현상건은 꺅꺅거리는 윤희에게 손을 잡힌 채, 헛웃음만 흘리고 있다. 무척 난감한 모양이다.

"쯧쯧! 참으로 정신없는 아가씨죠? 그냥 성격이 저 모양이구나 하고 이해해 주세요."

민우가 혀를 차며 두 사람에게 양해를 구한다.

"여어! 살아 있었네."

윤희가 연출한 상황 때문에 준태가 뒤늦게 인사를 한다.

"간도 생활이 아주 편했나 봐? 살집이 제대로 올랐구만."

"이게 어떻게 살집이 오른 거냐. 남들은 갈수록 피골이 상접해진다고 난리던데."

반가운 마음에 둘은 거침없이 포옹을 했다. 준태는 민우와 인사를 나누고 나자 일행들에게 시선을 주더니 공손한 말투로 얘기했다.

"반갑습니다. 민우의 동료 박준태라고 합니다."

준태의 공손한 인사에 현상건과 이학균도 정중하게 목례를 했다.

"정식 인사는 나중에 하고요. 그보다 앞을 좀 봐 주시지 않겠습니까? 군인들이 군례를 올리겠다고 합니다."

"아……."

민우네 삼총사가 옆으로 비켜서자 그들의 시야에 칼같이 열을 맞춰 대기하고 있는 군인들의 모습이 들어왔다. 맨 앞에 있던 정민창 준장이 우렁찬 목소리로 명령을 내렸다.

"부대— 차렷!"

척!

"귀빈들께 대하여 받들어— 총!"

"필승!"

구호를 '필승'으로 통일한 모양이었다. 정민창은 거침없이 뒤로 돌더니 일행들을 향해 경례를 했다.

"필승!"

병사들의 우렁찬 목소리가 울려 퍼지자 주변이 쥐 죽은 듯 조용해졌다.

병사들은 석상이라도 된 듯 미동조차 하지 않고 최대한의 예를 표했다. 인사의 대상이 된 손님들도, 군인들 뒤에 도열한 일꾼들도, 심지어 러시아 역무원과 이들을 감시하던 러시아군의 동청철도 수비대도 묵묵히 이들을 바라보고 있었다.

마치 어떤 성스러운 의식이라도 하듯 군인들의 자세가 워낙 절도 있었기에 모두 침묵할 수밖에 없었다.

이 모습을 본 이학균은 입술을 지그시 깨물었다.

속에서 끓어오르는 감정을 삭이고 있는 듯했다. 하지만 결국 그의 눈엔 눈물이 고이고야 말았다.

칼 같은 군기를 자랑하는 정예군. 이 군인들이 자신을 향해 한 목소리로 예를 표한다. 얼마나 오랜만에 대하는 '우리' 군대던가!

다른 이들도 비슷한 감정을 느낀 모양이었다.

현상건과 최봉준도, 제국익문사 요원들도 가지런히 두 손을 모으고 군인들을 바라보았다.

이윽고 잠시 감상에 빠졌던 이학균은 군례로 답해 주었고, 다른 손님들도 목례를 했다.

"부대— 쉬어!"

인사가 끝나자 정민창 해병대장과 최태일 대대장이 이들에게 다가왔다.

"반갑습니다, 여러분. 저희가 조금 늦었습니다. 러시아군과 역 진입 문제를 놓고 잠시 실랑이를 벌이다 보니…… 일단 수인사는 잠시 후 정식으로 나누기로 하고 작업부터 서둘러야 할 거 같습니다. 이곳은 우리 병사와 일꾼들에게 맡기고 역사 밖으로 나가시죠. 저희가 쉴 곳을 마련해 놨습니다."

정민창은 손님들을 임시로 쳐 놓은 막사로 안내했다.

역을 빠져나오며 현상건과 이학균은 각자 다른 생각에 잠긴 듯 아무 말도 없었다. 침묵을 깨고 현상건이 먼저 입을 열었다.

"형님 보시기에 어떻소?"

"말이 필요 없지. 정말 최정예 부대일세. 도대체 어디서 난 총인지 모르지만, 정말 정교하게 생겼지 않나? 의복도 독특하고. 다른 것보다 기상이 출중해! 이런 군이 몇 만 명만 된다면 고 국장 말대로 일본군이 두렵지 않겠어."

"저도 그렇게 느꼈소."

볼터는 둘의 대화를 들으며 깊은 생각에 잠긴 듯했다.

하지만 이내 그의 시선은 다시 군인들에게 돌아갔다. 베레모를 살짝 눌러쓴 모습하며, 한 번도 본적이 없는 소총과 무기들, 얼룩무늬 군복도 이채롭긴 마찬가지였다.

그는 마치 한 컷, 한 컷 사진이라도 찍듯 유심히 군인들의 모습을 살폈다.

오랜만에 뭉친 삼총사도 임시 숙소로 걸어가며 짧은

대화를 나누고 있었다. 민우는 두 친구들에게 최란을 소
개했다.

"다들 인사해. 한성에서 내 일을 도와주고 있는 분이
야. 최란 씨라고……."

최란이 꾸벅 인사를 하자 윤희가 먼저 반응을 보인다.

"아! 이분이셨구나. 반가워요, 최란 씨."

"저를 아시는지요?"

"주정부 인사들 사이에 소문이 파다하게 퍼졌죠. 이
시대, 아니, 한성에서 처음으로 젊은 여성분이 다녀가셨
다 해서."

"아…… 네."

"민우 선배랑 단짝이란 말도 들었구요."

"다, 단짝이요? 누, 누가 그런."

"다들 그러던데요? 음. 그러고 보니 미인…… 이시네
요."

"아, 네. 고맙습니다."

"키가 좀 작아서 그렇지."

"네?"

윤희의 기습공격에 당황한 최란.

다른 이들도 당황하기는 마찬가지였다. 윤희의 말에

살짝 가시가 돋아 있는 걸 느낀 준태는 그 이유를 알겠다는 듯 혼자 킥킥거리고, 천하에 둘도 없는 소신남 민우는 제 할 말만 한다.

"야! 네가 지나치게 큰 거거든?"

"뭐라고? 지나치게? 이야! 몇 달 떨어져 있더니 아주 간만 키워 왔네? 후환이 두렵지 않은 모양이지?"

"고만해라! 느그들 또 시작이냐?"

준태는 오랜만에 보는 이 풍경이 무척 그리웠던 모양인지 둘을 타박하면서도 입가에 웃음기를 가득 물고 있었다.

그는 최란에게 시선을 주더니 치아를 드러내며 활짝 웃어 보였다.

"저런 비정상적인 인간들 상대해 봐야 도움 될 게 하나도 없어요, 최란 씨. 앞으로 필요한 일이 있으면 꼭 절 찾아 주세요. 쟤네들과 달리 아~ 주 정상적인 제가 친절하게 도와드릴게요."

"오호! 준태의 작업 스킬이 많이 늘었어. 보자마자 작업 들어가네?"

"어허, 무슨 소리를! 이게 작업으로 보이냐? 차별화된 서비스를 제공한다는 얘기지."

"햐! 차별화된 뭐? 이 짜식이 아주 문자까지 써 가며 작업 제대로 하네?"

"작업? 그게 무엇이옵니까?"

"크크! 준태가 란 씨에게 관심 있다는 얘기죠."

"네?"

민우네 삼총사는 종잡을 수 없는 대화를 이어 가며 오랜만에 마음 편히 웃을 수 있었다.

그들 곁에서 최란만이 홀로 미간을 살짝 찌푸린 채, 아까 했던 대화내용을 계속 곱씹고 있었다.

목단강역은 금세 북새통으로 변했다. 수백 명의 일꾼과 군인들이 달라붙어 화물을 하역하고 있다.

러시아인 역무원들 또한 역에 설치된 소형 크레인으로 무거운 화물만 골라 수레에 실어 주고 있었다.

한편, 역사 바깥에 마련된 임시 숙소에서는 훈훈한 상견례의 장이 열렸다.

군 간부들과 급히 파견 나온 주정부 인사들이 배석한 가운데, 현상건과 이학균, 최봉준은 열렬한 환영을 받았다.

이 시대의 진정한 위인이 세 명이나 모인 자리이고,

이들이 처음으로 간도 사람과 접촉하는 자리다 보니 사람들은 환호성을 지르며 이들을 반겼다.

세 사람은 모두 얼떨떨한 표정이었다. 자신들을 어찌 안다고 이리 환영해 주는지 조금 놀라는 듯했다.

"이제 인사도 끝났으니 마무리할 일만 남았군요. 듣기로는 정산도 해야 한다 했고……. 뭐, 그전에 우리 군에 대해 궁금한 점이 있으면 질문해 주십시오. 성심 성의껏 답해 드리겠습니다."

"해병대장이라고 했소?"

"그렇습니다, 이학균 참장님."

"간도의 해병대는 미국 해병대와 비슷한 일을 하는 군대요?"

이학균은 미 해병대의 존재를 이미 알고 있었다.

하기야 1871년 미국이 강화도를 침범했을 때—신미양요(辛未洋擾)라 하며 이 또한 서양 제국의 포함 외교의 일종으로 분류—미 해병대가 우리나라에 첫 선을 보였으니, 충분히 알만 했다.

"그렇습니다만……."

"간도엔 바다도 없는데 어찌 해병대를 만든 것이오?"

"하하! 간도엔 바다가 없지만, 우리 대한제국은 삼면

이 바다 아닙니까?"

"아, 그렇구려."

"최태일 정령? 아니지. 대령이라고 했지요?"

"그렇습니다."

"소개할 때, 2연대 3대대장이라고 했는데, 그럼 간도 진위대엔 1개 연대에 몇 명의 병사가 소속되는 게요? 통상 진위대는 1개 연대 병력으로 구성되는 것으로 알고 있소만……."

역시 이학균은 군에 대해 큰 관심이 많아 보인다. 민우가 상당 부분 군에 대해 미리 얘기해 줬지만 현역 군인에게 직접 듣고 싶은 모양이다.

"이 참장님이 무엇을 궁금해하시는지 잘 알겠습니다. 하지만 이건 군 기밀이고, 다른 손님도 계시기 때문에…… 험험!"

이 말을 하면서 최태일 대령의 시선은 볼터에 가 있다.

이들의 대화를 귀담아 듣고 있던 볼터는 기대 어린 시선으로 답변을 기다리고 있던 터였다.

"죄송하지만 제가 따로 말씀 드리겠습니다. 다만, 간도를 지켜 내기 충분한 병력을 보유하고 있다는 것만 확인해 드리겠습니다."

"아, 알았소."

볼터의 표정은 이내 실망스런 기색으로 변했다. 그렇다고 가만히 있을 그가 아니었다.

"병사들의 무기가 매우 생소했습니다. 처음 보는 거던데…… 소총의 성능은 당연히 기밀일 테고. 어디서 만든 건지 정도는 답변해 주실 수 있습니까?"

질문을 받은 최태일 대령의 표정은 순간 경직되었다.

"흠, 그게……"

이때 민우가 나섰다.

기밀에 대한 나름대로의 매뉴얼을 숙지하고 있는 상태라 군인보다는 정보국에서 답변하는 게 맞는 상황이다.

"우리가 만들었습니다."

"헉!"

"뭐라고요?"

"그리고 성능은…… 무척 뛰어납니다."

거침없는 민우의 말에 손님들의 눈은 동그랗게 변했다.

"우리나라 마우저사에서 만든 M98 소총에 비하면 어떻습니까?"

"흠 마우저라…… 좋은 총이죠. 러시아의 모신—나강 소총과 쌍벽을 이룰 정도로. 하지만 이 이상 답변드릴 수는 없을 거 같습니다."

"후! 역시……."

"볼터 사장님. 군에 대한 관심은 이 정도로 끝냈으면 좋겠습니다만."

"고 국장님이 무슨 생각하시는지 잘 압니다. 하지만 상인은 여러 가지를 고려합니다. 무기야말로 그 나라 기술력의 총화 아닙니까? 그래서 이 문제에 관심을 갖지 않을 수 없었습니다. 고 국장님이 생각한 그런 차원의 관심이 아니니 너그러이 양해하시길."

"하하, 그렇습니까? 차원은 다르다 해도 관심의 대상은 동일합니다. 뭐, 아무튼 잘 알겠습니다."

중간에 약간 분위기가 경직될 수 있는 상황도 있었지만 끝내 훈훈하게 마무리되었다.

"볼터 사장님. 조금 있다 우리 주정부 관계자와 따로 면담을 하시죠. 잔금 결제 건도 그렇고, 상품에 대한 얘기도 해야 하니까요."

"와우! 그게 있었지!"

상품 얘기가 나오자 볼터의 얼굴이 활짝 펴졌다.

화물에 대한 잔금 결제를 블라디보스톡에서 하려 했으나 볼터는 한성에서 계약금으로 받았던 같은 품질의 금괴를 원해 이곳에서 결제하기로 한 것이다.

　모임이 끝나자 이학균은 득달같이 달려 나와 군인들의
무기를 유심히 살핀다.

　정민창은 무기 종류에 대해 소상히 설명해 주었다. 이
학균은 탄성을 발하며 정민창의 설명을 귀담아 듣고 있
었다.

　"그리고 이건 우리가 쓰는 기관총입니다."

　"이게 기관총이라고? 무슨 기관총이 이리 작소?"

　그의 말대로 이 시대에 보급된 기관총은 거의 대포와
다를 바가 없을 정도로 컸다.

　그래서 각국의 군에서는 대포의 운용 방식에 준해 활
용하고 있었다.

　"작으니 더 좋은 것 아니겠습니까? 한 사람이 들고 다
닐 수 있을 정도니까요."

　"흠…… 그렇기는 하오만. 위력은 어떻소?"

　이학균은 기관총의 외형에 약간 실망한 모양이다.

　"다른 나라 기관총보다 훨씬 성능이 좋습니다. 후일
시험 사격을 보시면 알게 될 겁니다."

　"성능이 좋다? 음, 그래. 몇 정이나 보유하고 있소?"

"10명으로 구성된 분대마다 1정씩 편성하고, 모든 중대에 1개의 화기소대를 편성하는데, 화기소대는 박격포 6문과, 이 기관총 세 정으로 무장하게 됩니다."

"10명에 하나 꼴이라…… 뭐라?! 그럼 도대체 몇 정이나 보유하고 있는 게요?"

"총 1,000정 정도 됩니다만."

"천! 천 정이라고?"

이학균은 현기증이 나는 듯했다.

이 당시 대한제국군이 보유한 기관총은 미국제 캐틀링 기관포 20여 문과, 영국제 맥심 기관총 6정, 도합해 봐야 30여 정 정도가 전부였다. 그러니 간도진위대가 보유한 기관총의 숫자에 놀랄 수밖에 없었다.

"허허. 어떻게 이게 가능한지 모르겠소."

이학균은 분명 눈앞의 장교가 과장해 말하고 있을 것이라는 생각을 했다.

하지만 거짓도 거짓 나름, 그럴 듯해야 믿을 수 있는데 무려 천 정이나 보유하고 있다는 말은 너무 터무니없어 보였다. 더구나 러일전쟁 당시 일본군도 1개 사단에 20정 이하의 기관총을 배치했을 뿐인 상황이었으니, 이학균이 보이는 태도도 능히 이해가 갈 만했다.

"흠…… 그렇다면 최소 백 단위란 얘긴데……."

"네? 무슨 말씀인지."

"아, 아니오."

K3 경기관총에 이어 박격포와 K11 복합소총 얘기도 이어졌다.

하지만 이학균은 정민창의 말에 이미 의문을 품기 시작한지라 그다지 주의 깊게 듣고 있지 않았다.

정민창도 그 기색을 읽었지만 크게 개의치 않았다. 어차피 시간이 필요한 일이기 때문이다.

"그럼, 편하게 살펴보십시오. 저는 좀 다른 일이 있어서."

정민창은 이학균의 곁에서 벗어나 역무원과 동청철도 수비대 중대장을 차례로 만났다.

준태가 들고 온 뇌물을 건네기 위함이었다. 블라디보스톡과 이곳의 담당자만큼은 매수해서라도 철저히 우리 편으로 만들어야 한다는 방침을 그는 착실히 이행했다.

막사 안의 분위기도 밖의 사정과 크게 다르지 않았다.

주정부에서는 공상부 산하 상무국 소속 직원을 파견해서 볼터와 협상을 하게 했다.

그 직원은 금괴가 든 상자를 볼터에게 건네 확인을 요
구했다. 볼터는 화물 물목이 적힌 종이를 꺼내 단가와 총
액을 대조한 후, 금괴의 숫자를 세어 보았다.

이윽고 볼터가 고대하던 순간이 다가왔다. 직원은 작
은 상자 몇 개를 책상에 올려놓더니 차례대로 뚜껑을 열
었다. 상자들 안에는 플라스틱 약병이 10여 개씩 들어
있었다.

"이게…… 뭡니까?"

"의약품입니다."

"의약품?"

직원은 약병 하나를 들더니 뚜껑을 열고 알약 하나를
꺼내 들었다.

"이건 스트렙토마이신이라 하지요. 항생제의 일종이라
할 수 있는데, 특히 결핵 질환에 효과가 있습니다."

볼터는 눈을 동그랗게 뜨더니 미간을 좁히며 직원이
건네준 알약을 요리조리 뜯어보았다.

"항생제? 그게 뭡니까?"

"체내에 침투한 세균을 죽이는 약이라 생각하면 될 겁
니다. 요즘과 같이 전쟁이 빈번한 시기에 부상병을 치료
할 때 필수적인 약이라 생각하면 됩니다. 그리고……."

직원은 볼터의 이해 여부와 상관없이 계속 말을 이어 갔다.

플레밍이 세계 최초로 페니실린이라는 항생물질을 발견한 게 1928년의 일이지만, 2차 세계대전이 지나서야 본격적으로 사용되었으니 생물학자나 의사가 아닌 이상 알아들을 수 없기 때문이다.

"이 물약들은 살균 소독제입니다. 피부에 바르는 물약 형태이지요. 이건 과산화수소수, 요건 포비든아이오딘이라 하고……."

직원이 말한 이 소독제들은 미래에 널리 쓰인 약이다.

포비든아이오딘은 다른 말로 포비든요오드액이라고도 하는데, 소비자들은 '빨간약'이라 부르곤 했다.

"흠…… 내가 한국어를 조금 알긴 하지만 당신 말은 도저히 알아들을 수가 없군요."

"그럴 수밖에요. 세상에 처음 나온 제품이니까요."

"처음이라고요?"

"그렇습니다. 그리고 인간을 상대로 임상실험까지 마친 약이니 바로 안전하게 사용할 수 있습니다."

직원의 얘기를 들으면서 볼터는 약병을 집어 들었다.

순간 그의 눈이 빛나기 시작했다. 안에 있는 어마어마

한 가치를 지닌 내용물보다 약병에 관심이 간 것이다.

하기야 약병의 재질이 플라스틱이었으니 그가 관심을 보이는 건 당연했다. 합성수지 기술은 이미 오래전에 개발되어 관련제품도 몇가지 생산되고 있었지만, 이처럼 반투명하고 고급스런 재질은 처음 접해 봤을 것이다. 석유화학 산업이 꽃피기 전이라 서구의 합성수지 기술은 아직 초기상태를 벗어나지 못한 상황이었다.

볼터는 상자에도 관심을 보였다. 상자 뚜껑을 이리저리 훑어보더니 손가락으로 비벼 보기도 했다. 비닐로 코팅된 표면이 그의 관심을 끈 모양이다.

"이 문서는 이 약의 용법과 복용 시 주의할 점, 임상실험 결과를 논문 형태로 만든 겁니다. 독일어로 번역되어 있으니 자세히 살펴보시기 바랍니다."

직원은 기계적으로 말을 하며 종이를 탁자에 올려놓았다.

볼터는 탁자에 놓인 문서를 집어 들었다. 하지만 볼터는 문서의 내용에 관심을 주기보다 종이의 재질과 글씨의 인쇄 상태에 더 흥미를 보이고 있었다.

오늘따라 볼터의 관심은 계속 내용물보다 껍데기로 향한다.

민우와 직원은 마주 보고 웃으며 볼터의 호기심이 사그라지길 기다렸다.

　"후우! 솔직히…… 제가 무식해서 그런지 이 약에 대한 건 잘 알 수 없네요. 이 약이 제게, 우리 회사에 어떤 이익을 줄 수 있을까요?"

　"하하하, 제가 말씀 드리지요."

　민우가 나섰다.

　"이걸 잘 활용하면 엄청난 돈 방석에 앉게 될 겁니다."

　"흠…… 좀 이해가 안 되는군요. 전 약품보다 이 용기와 종이에 더 관심이 가는데요? 용기의 재질을 보니 합성수지 같은데, 제가 알고 있는 재질과 많이 다르네요. 더 부드럽고 정교한 것 같은데요?"

　"지금 세상에 나와 있는 합성수지 제품과 많이 다르죠. 합성수지도 여러 종류가 있으니까요. 이건 우리가 처음 개발한 원료로 만든 겁니다."

　"헉! 처음 개발했다고요? 정말입니까?"

　"그렇습니다. 이런 재질 본 적이 있습니까?"

　"그러고 보니…… 없군요. 그럼 이거 무엇으로 만든 겁니까?"

"비밀입니다."

"참으로 알 수 없군요. 종이도 그렇고, 이 문서의 인쇄 상태도 그렇고. 어떻게 이렇게 깨끗하고 선명하게 인쇄를 할 수 있는지. 이 얇은 종이도 참으로 고급스럽게 보이는군요."

"그러니까 그 용기에 든 약품의 가치도 높은 겁니다. 이 정도의 기술을 가지고 있으니 그 내용물의 가치도 높지 않을까요?"

"흠…… 그럼 이걸 가지고 어떻게 움직여야 합니까? 이게 정말 절 돈방석에 앉힐 정도로 큰 가치를 가진 상품이라면 그렇게 만들 방법도 알려 주시지요."

이번에는 직원이 답했다.

"먼저 독일의 여러 대학과 병원에 이 약품 일부와 이 문서의 필사본을 돌리세요. 아마 금방 반응이 올 겁니다. 그리고 이와 동시에 특허 전문가의 도움을 받아 특허 등록을 하십시오. 특허의 주체는 그 문서에 적힌 대로 대한제국 간도제약연구소의 강태식이란 인물로 해 주시고. 특별히 특허 지분도 세창양행에 일부 드리겠습니다. 또 당분간 독점 판매권도 보장해 드리지요."

"알겠습니다. 한번 부딪쳐 보지요."

볼터의 말이 끝나자 직원은 다시 큰 상자 하나를 탁자에 올려놓았다.

"이건 비누입니다. 고급 미용 비누인데…… 상품이 될까 모르겠습니다. 서양에서도 많이 만들고 있어서."

차라리 이 비누가 더 실용적으로 보였는지 볼터는 급히 비누를 들어 보더니 킁킁거리며 냄새도 맡고 손으로 만지작거렸다.

"흠, 향기도 좋고, 빛깔도 아름답네요. 정말 고급 비누로군요."

"이건 그냥 선물이라 생각하고 받아 주십시오. 상품으로 공급하기엔 좀 가치가 떨어지는 것 같아서요."

"허허! 이게 가치가 떨어진다고요? 글쎄요…… 충분히 상품이 될 법한데요?"

"뭐, 일단 써 보시고 소비자의 반응을 보면서 판단해 보죠."

"하하! 고맙습니다. 당신 말대로 해 보지요."

볼터는 활짝 웃었다.

그는 여전히 의약품에 대한 것은 머릿속에 괄호를 쳐 둔 상태였지만, 비누는 자신도 잘 아는 상품이라 그런지 무척 기뻐했다.

그는 정말 몰랐다. 자신이 얼마나 일생일대의 기회를 잡았는지, 이 순간이 얼마나 소중한 것인지를 말이다.

미팅이 끝나자 민우는 나직이 직원에게 물었다.

"이 약품들 하고 비누를 벌써 제조하기 시작한 겁니까?"

"하하! 그럴 리가요. 우리가 보유하고 있던 제품을 그냥 가져온 거지요. 실험 개발 단계는 이미 끝났지만, 대량 제조는 조금 더 시간이 필요한 상황입니다. 비누도 아직 고급 비누를 만들 여건이 안 됩니다. 일반 보급형 비누는 가능하지만요."

"그럼 주문이 폭주할 때까지 대량 제조가 가능할까요?"

"물론이죠. 주문이 폭주하려면 몇 년 걸릴 겁니다. 저 보수적인 서양학자들이 쉽게 믿어 주지 않을 테니까요. 지들끼리 또 실험해 봐야 한다면서 시간 좀 끌 겁니다. 하지만 볼터가 열심히 뛰면 결과는 조금 달라지겠죠."

"어쨌든 이 약품들로 인해 세계 역사가 크게 바뀌겠군요. 40년 이후에 등장할 약품들이 나오기 시작했으니……."

"그래도 이 약으로 인해 수많은 생명을 구할 수 있을

겁니다. 역사가 어떻게 바뀌든 말이죠. 그나마 이런 생각을 하면 조금 위안이 된다고 할까?"

"후후! 그렇군요. 이제 큰 전쟁이 연달아 터질 테니."

직원과 민우는 아직도 약병을 만지작거리며 어린 아이처럼 흥분하고 있는 볼터를 물끄러미 바라보고 있었다.

초가을의 신선한 바람이 뺨을 스치더니 쏜살같이 뒤로 물러난다.

아름드리나무들이 그저 길가에 가지런히 박혀 있는 말뚝처럼 보일 정도로 휙휙 지나갔다.

초반의 요란했던 분위기와 달리 모두가 말을 잃었다.

유병필은 얼굴을 돌려 친구 김교준의 기색을 살핀다. 겁이 많은 교준은 아직도 쉬이 고개를 들지 못하고 있다. 귀를 괴롭히는 이 거대한 기물의 소음과 속도로 인한 주변 풍광의 이지러짐에 아직 적응하지 못한 모양이다.

"허허! 이보게! 그냥 한성에서 전차를 탔다 생각하면 맘 편할 걸세. 조금 더 빨라서 그렇지."

"자넨…… 괜찮은가?"

"난 그냥 재미있다는 생각만 드네."

"놀라우이. 간도 사람들은 하늘에서 뚝 떨어진 사람들

인 모양일세. 어떻게 이런 차를 만들어 타고 다니는지."

"하늘을 나는 기물도 있는데, 땅을 달리는 차라고 못 만들겠나?"

"하여간 자네 신경 줄 하나 굵은 건 알아 줘야겠네."

이주민들은 혜산과 백두산 중간 지점에서 또 한 번 큰 충격을 받았다.

거대한 트럭 십여 대가 너른 공터를 가득 메우고 서 있었던 것이다. 보는 것도 놀라운데 직접 타는 것은 말할 나위가 없었다.

이들이 탄 차량은 홍기하 구간을 지나 청산리에 이르렀다. 유병필은 눈에 이채를 띠며 고개를 두리번거리더니 꾸벅 목례를 했다.

"뭐하는가?"

"인사하네."

"인사?"

김교준은 고개를 들어 유병필의 시선을 따라갔다.

목재 전신주에 사람이 올라가 작업을 하고 있었는데 일행을 향해 밝게 웃으며 손을 흔들고 있었다.

"간도에도 전기를 가설하는 모양이네그려."

그리고 얼마 후 이들이 탄 차량은 송하평 공장지대에

들어섰다.

"세상에 무슨 건물들이 저리 크지?"

송하평엔 벌써 많은 공장이 들어선 상태였다.

실험적 성격이 강한 소형 공장이었지만, 이들의 망막엔 거대하게 비쳤다.

공장은 미래 사람들 기준으로 보면 무척 작고 허름해 보인다. 그나마 이렇게 만들 수 있었던 것도 갓 생산되기 시작한 시멘트 덕이었다.

공장의 대부분은 철골 콘크리트로 기둥을 세우고, 벽돌과 시멘트 블록으로 벽을 만들었으며, 지붕 또한 콘크리트로 덮어 버린 단순한 구조물이었다.

공장지대를 지나자 주거지가 나타나기 시작했다.

"아까 본 건물들은 반듯하고 커 보였는데, 이곳은 다 초가투성이군."

유병필의 말대로 주거지는 초가집으로 뒤덮여 있었다.

그런데 독특한 것은 초가들이 바둑판 모양으로 반듯하게 구획되어 들어섰다는 점이다. 유입되는 인구가 많다 보니 초가의 수도 크게 늘어 있었다.

주정부는 초가집을 부정적으로 보지 않았다. 이곳의 혹독한 겨울 날씨를 감안하면 저렇게 초가지붕에 두꺼운

흙벽 형태의 가옥이 더 합리적이라 느꼈다. 또한 유민들의 경제생활이 윤택해지면 저 초가가 기와집으로, 또는 양옥집으로 자연스레 교체되리라.

애써 전통을 억지로 갈아엎고 처음부터 새로 만드는 그런 일은 하지 않기로 했으니, 이 초기 정착촌은 자연스런 발전 단계를 거치도록 놓아 둘 예정이었다.

"그러게. 아직 개척 단계라더니 살 집은 제대로 만들지 못한 모양이군. 그래도 장관일세. 저렇게 많은 집들이 끝도 안 보일 만큼 들어서 있으니."

그들은 간도 영역에 진입한 이후, 온갖 기물들을 마주 대하며 내심 큰 기대를 갖게 되었다. 그러나 막상 자신들이 기거할 곳이 저런 초가란 생각이 들자 조금 실망한 듯했다.

차량들이 초기 정착촌을 지나 임시 천막촌의 공터에 다다름으로써 이들의 오랜 여정이 끝났다.

"어서 오십시오. 고생 많으셨습니다."

주정부 담당자들이 나와 이들을 따뜻하게 맞아 준다.

"허허! 이곳은 아예 천막들로만 마을을 만들었구먼그래."

유병필은 차에서 내리자 주변을 재빨리 휘둘러보았다.

수백의 천막들이 펼쳐진 곳, 그 사이를 수많은 사람들이 분주히 오가며 일을 하고 있었다. 그리고 뒤를 돌아보았을 때, 놀라운 광경이 시야에 들어왔다.

"저, 저게 뭔가? 저 기물은?"

"뭔데…… 헉!"

그들이 본 것은 관청거리였다.

마무리 공사가 한창인 주정부 건물을 포함, 공공건물 몇 채가 한창 공사 중이었다. 길도 한성 광화문 앞의 육조 거리보다 더 넓게 뚫려 있었고, 온갖 중장비들이 건물과 길에 붙어 작업을 하고 있었다.

수십 명의 손님맞이 담당자들이 각자 책상을 펼쳐 놓고 이주민들의 등록 절차를 진행했다.

새로운 유민이 올 때마다 늘 하던 작업이어서 이들의 업무 처리속도는 상당히 빨랐다.

사람들을 테이블 수만큼 줄 세우고 이주민들의 신상명세를 빠르게 작성한 후, 임시 신분증을 즉석에서 만들어 주었다.

이 절차가 끝나자 숙소 배정에 들어갔다. 역시 예상했던 대로 이들의 숙소는 천막이었다.

"자자! 여기 주민들이 여러분을 안내할 테니 숙소로

들어가 짐을 푸시기 바랍니다. 그리고 한 시간 후 식사를 하러 다시 이곳으로 나오시기 바랍니다. 주민 여러분! 새로운 손님들을 숙소로 안내해 주세요."

담당자의 말이 끝나자 주정부에 임시로 고용된 주민들이 이주민들을 몇 명씩 짝을 지어 숙소로 안내해 갔다.

유병필과 김교준도 다른 이주민 무리와 함께 숙소로 향했다.

"휴……! 숙소가 천막이라니…….."

"그러게 말일세. 번듯한 기와집은 아니라도 최소 아까 봤던 초옥 정도는 될 줄 알았는데 말이야."

옆에서 다른 이주민들이 두런두런 이런 대화를 나눴다. 개중에는 약간 과하게 의사표현을 하는 이도 있었다.

"이거야, 원! 한성에선 나름 대우받던 사람인데 말이지."

이들을 안내해 주던 주민들은 이 말에 조금 기분이 나빴던 모양이다.

"거. 도용히 하소. 안직 집이가 부족해 임시로 묵는 기오. 그러니깐 두루 당신네이 살 집은 지금 짓고 있으니까 조금만 참으면 되꼬마."

"우리 올 거 알았으면 미리 지어 놨어야 하는 거

아니오?"

"그러게 말이오. 이거 손님 대접이 원……."

다른 사람들은 충분히 수긍하는 모양이었는데 딱 두 사람이 톡톡 튀는 언사를 남발하고 있었다.

"여기 높으신 양반들은 저 대궐 같은 집에서 사는 모양인데, 우리한텐 고작 천막이라니."

그는 아까 본 관청 건물들을 떠올린 모양이다.

"에휴! 여긴 안 그럴 줄 알았는데, 높은 분들 하는 모양새는 어디 가나 똑같으이."

순간 이들을 안내하던 주민들이 일제히 걸음을 멈췄다. 그리고 천천히 몸을 돌린 이들의 얼굴은 하나같이 분노로 붉어져 있었다.

"무시기?"

"이것들 보라요!"

"이놈들이 둑고 싶어 아조 환당했구마기래?!"

주민 중 어떤 이는 길가에 굴러다니던 몽둥이까지 주워 들었다. 역시 괄괄한 성격의 북방 사람들다웠다.

"고조 분위기 모리는 아새끼들은 몽둥이가 약이디."

주민들의 격한 반응에 당황한 이주민들.

"어어! 왜, 왜 이러시오?"

그래도 이성이 남아 있는 주민 하나가 몽둥이를 든 이를 급히 진정시키는 바람에 폭력 사태로 번지지는 않았다. 몽둥이를 든 주민은 식식거리며 큰 소리로 호통을 쳤다.

"다시 이런 얘기 나오면 조 주둥이부터 몽둥이로 뭉개 버리갔어? 알간?"

"이보기오. 우리 나으리들이가 어디 사는지 아심둥? 가장 디위가 높다는 주지사님도 당신과 같은 천막에 살고 있꼬마. 우덜 같은 무지랭이한텐 집을 내어 두고, 덩달 나으리들은 천막에서 살고 있단 말이꼬마. 먹는 것도 우리와 똑같이 먹고 말이디."

흥분한 주민을 말린 이가 조용한 어조로 이주민들을 타일렀다.

"그리고 한마디 더 보태겠꼬마. 여서 우리 나으리들 욕하며 다니면 아마 그날이 제삿날이 될 거우다. 여기 사람들 모두가 우리 나으리들으 생명의 은인으로 여기고 있으니."

또 다른 이도 한마디 더 덧붙였다.

"나으리란 말도 하지 말라고 했꼬마. 신분의 귀천이 없으니 그저 이름대로 불러 달라고. 당신들이가 한성에서 뭔 지랄으 하구 신분이가 어땠는지 모리지만 여선 모두 똑같꼬마. 여인네도 함부로 대하면 경을 칠 거다. 아시겠슴둥?"

김교준과 유병필은 방금 벌어진 이 사건을 목격한 후, 느낀 점이 많은 모양이었다.

"허허, 여기 관리들에 대한 백성들의 신망이 두터운 모양일세. 우리 나으리란 말이 아예 입에 붙어 있구먼."

"그러게 말이야. 말을 듣고 보니 내 자신이 부끄럽구먼. 나도 조금 전까지 툴툴거리지 않았나?"

이 둘과 마찬가지로 다른 이주민들의 불만은 곧 잦아들었다. 관료들 모두가 자신과 똑같이 산다 하니 더 이상할 말이 없었던 것이다.

볼터를 블라디보스톡으로 돌려보낸 일행은 화물하역을 어느 정도 마치자 천천히 이동하기 시작했다. 워낙 짐들이 많아 수레들이 여러 차례 더 오가야 할 터였다. 수레 행렬이 얼마 전 급조한 해랑하 다리를 건너 산모퉁이를 돌아든 순간, 현상건은 자신의 눈을 의심할 수밖에 없었다.

"저, 저게 다 무엇이오?"

너른 공터에 수많은 트럭들이 일행을 기다리고 있던 것이다.

그뿐이랴. 수레에서 화물을 트럭에 옮겨 실어 줄 크레인도 몇 대 보였다.

현상건과 이학균, 최봉준 등 간도에 처음 들어온 이들은 다른 유민과 똑같은 반응을 보이고 있었다. 처음 보는 기물을 목도하고 보이는 반응은 지식인이나 일반 백성이나 다를 바 없었다.

수레가 도착하자 목단강역과 마찬가지로 이곳 또한 몸살을 앓게 되었다. 수십 대의 트럭이 내뿜는 엔진 소리와 크레인의 굉음이 이 공터를 뒤덮었다.

현상건과 이학균은 한참 동안 넋을 잃고 이 광경을 바라보고 있었다. 준태가 활짝 웃으며 현상건에게 다가왔다.

"현 과장님, 이제 가셔야죠. 우리가 타고 갈 차가 기다리고 있습니다."

"허허허! 모두 사실이었어…… 모두가…….

"무슨 말씀이신지……?"

"상해에서 고국장이 한 말 말이오. 난 그 말을 도저히 믿을 수가 없었소."

"그러셨군요."

"고 국장 말대로 분명 그대들은 서양보다 더 앞선 기술과 문명의 이기를 보유하고 있구려."

"맞는 말입니다."

"볼터 사장을 간도에 들이지 않고, 화물도 이곳에서 옮겨 싣는 것을 보면 간도의 실정이 외국에 알려지길 원치 않는 것 같소만."

"물론입니다. 늦게 알려질수록 좋죠. 우리의 적들이 방심하는 만큼 우리도 시간을 벌 수 있으니까요."

이학균은 현상건과 달리 아무런 말이 없었다.

그저 공터에서 벌어지는 일들을 물끄러미 바라보며 깊은 생각에 잠겨 있었다.

군용 지프차가 달리기 시작했다. 비포장도로다 보니 요동이 심했지만, 승객들은 차의 움직임에 몸을 맡긴 채, 깊은 생각에 잠겨 있었다.

그 가운데 최봉준이 먼저 입을 열었다.

"허허! 이거 내가 꿈을 꾸고 있는 거 같소. 간도가 이 정도일 줄이야……."

최봉준의 말에 다들 고개를 주억거린다.

이 차에 탄 이들은 다들 신문물에 밝은 이들이다. 최봉준도 그렇고, 우경명 같은 제국익문사 요원들도 그랬다.

"그래도 많이 부족합니다. 그러니 선생님의 도움이 꼭 필요합니다. 물자도 계속 공급해 주시고, 인재도 많이 보내 주십시오."

"허허! 이를 말이겠소. 내 힘닿는 데까지 도와주리다. 간도는 정말 잘돼야 하오."

최봉준과 만난 적이 있는 준태가 이 차에 동승한 상태였다.

최봉준이 입을 열자 차 안은 활기를 띠기 시작한다. 우경명과 이도표는 그동안 윗분들 눈치 보느라 꾹꾹 억눌러 왔던 호기심을 일거에 해소하기라도 할 양인지 질문 공세를 퍼붓기 시작했다.

이런 양상은 다른 차에서도 마찬가지였다. 그간 깊은 생각에 잠겨 있던 이학균이 오랜 침묵을 깨고 입을 열었다.

"그 기관총 말이오. 진짜인 게요?"

이학균의 뜬금없는 질문이다.

"무슨 말씀이신지……."

민우는 문장의 앞뒤를 자른 질문을 받자 무슨 대답을 해 주어야 할지 몰라 어리둥절한 표정을 지었다.

"성능도 좋고, 천 정 가까이 보유하고 있다는 거 말이오."

"아하! 정민창 해병대장님이 무슨 말씀을 했는지 대충 알겠네요. 그렇습니다. 성능은 현 기관총들보다 월등히 좋고, 수량도 그 정도 보유하고 있습니다. 기관총보다 더 훌륭한 무기도 많은데, 이 참장님은 기관총에 관심이 가는 모양입니다?"

"허허! 그렇다면, 그럴 테지…… 그래야 맞지. 암! 그럴 거야, 그렇고말고……."

이학균은 민우의 뒷말을 듣지도 않은 채 고개를 크게 끄덕이며 혼잣말을 계속 내뱉고 있었다.

"의형께서 감격하신 모양이외다."

현상건은 이미 이학균의 속내를 읽었는지 무슨 힌트라도 주듯 나직한 목소리로 민우에게 얘기했다.

"허허허! 허허! 허허허……!"

혼잣말은 이내 진한 웃음으로 변해 있었다.

"도착하면 말이오. 당장 무기 성능부터 보여 주시구려. 조바심이 나 참을 수가 없구려."

마치 장난감을 눈앞에 둔 아이처럼 그의 말투는 들떠 있었다. 이 말을 끝으로 이학균은 시선을 차창 밖으로 돌렸다. 열린 차창으로 바람이 시원하게 들어와 단정한 그의 머리카락을 마구 헝클어 놨다.

착각인가? 민우는 방금 그의 눈가에 반짝이는 것이 붙어 있다고 느꼈다.

하지만 그게 무언지는 몰랐다. 이내 바람을 타고 차창 밖으로 날아갔기 때문이다.

제3장

백산에서

한성에서 한꺼번에 몰려온 인재들로 인해 주정부는 시장바닥처럼 북적거린다.

각 부서와 연구소 직원들은 간밤에 작성한 인재들의 신상명세 자료를 열람하고 난 후 치열한 신경전을 펼치고 있다.

"이 사람은 우리 학부로 와야 해요. 사범학교 출신이니 당연히 학부로 와야죠."

"아니! 그런 논리대로라면 우리 내부에서는 누굴 채용해요? 가뜩이나 사람 부족해 미칠 지경인데."

"사립학교 출신들도 많잖아요?!"

"끙……! 참으로 욕심이 많으십니다. 외국어학교 출신들도 많이 데려가더니."

담당자 간에 불붙은 입씨름은 각 부의 부장들에게로 옮겨 갔다.

이로 인해 주정부 회의실의 분위기 또한 주정부가 수립된 이래 최고로 뜨거웠다.

"자자! 그만하시고, 제 얘기 좀 들어 보세요."

태진훈은 손바닥으로 연신 이마를 어루만지며 분위기를 가라앉히느라 애를 먹는다.

이공계 인재는 전공에 따라 별다른 이견 없이 배치할 수 있었지만, 문과 출신이 문제였다.

지방행정을 시작하며 가장 많은 인력 수요가 발생한 내부에서 욕심을 부릴 수밖에 없었고, 이를 저지하느라 다른 부서들 또한 강하게 나오고 있다. 꼭 시장에서 물건 값 흥정하는 모양새다.

"아직 인력수요가 많지 않은 법부, 외부, 탁지부는 일단 논외로 치고, 내부와 학부, 사회복지부가 문제인 거죠?"

"아니! 왜 탁지부를 논외로 칩니까? 중앙은행도 그렇지만, 주요 거점 도시에도 은행이 들어서야 중앙은행이제 기능을 한다는 것을 모르십니까? 사회복지부야말로 인재 충원을 조금 미뤄도 상관없지 않겠습니까? 아직 약도 부족하고 의사도 별로 없으니…….”

성격이 그리 녹록하지 않은 탁지부의 성영길 부장 또한 핏대를 세우고 나선다.

하지만 그는 곧바로 더한 반박에 직면한다.

“뭐라고요? 성 부장님! 지금 말 다했습니까? 주민의 보건 위생 문제를 자꾸 뒤로 미루면 어떡하잔 말입니까? 사람이 건강해야 일도 하는 거 아닙니까? 이건 인권의 문제예요, 인권!”

“그, 그게 아니라…… 그러니까.”

사회복지부의 이수진 부장이 꽤나 날카로운 목소리로 윽박지르자 성영길은 애꿎은 손바닥만 문지르며 달리 반박할 말을 찾지 못한다. 되로 주고 말로 받은 격이다.

“하하! 천하의 성 부장님이 어째 이 부장님한텐 꼼짝 못하네요. 고양이 앞의 쥐 신세랄까.”

“쥐?”

손가락으로 자신을 가리키는 성 부장의 당황한 표정과 대조되게 이수진은 고양이 같은 표정을 지으며 의기양양하게 어깨를 으쓱거린다.

"아니! 이 양반들이? 오늘 주정부 역사 최초로 폭력 사태 한 번 경험해 보실랍니까?"

성영길의 과장된 표현에 다들 폭소를 터트린다.

"쿡쿡!"

"하하하!"

"일단 이렇게 합시다. 모든 부서에 최소한 몇 명씩 고루 배치하고, 인력수요가 많은 부서는 부장들끼리 합의를 본 후, 우선순위를 정해 배치하도록 합시다."

"주지사님, 그럼 다시 논의가 원점으로 돌아갑니다."

부장들끼리 합의하란 말에 성영길은 울상이 되어 볼멘소리를 했다. 그는 여전히 이수진의 눈치를 보며 말을 하고 있었다.

"탁지부는 해당사항 없는데요?"

"네?"

"내부와 학부, 사회복지부만 합의하란 뜻입니다."

"너무하십니다……."

이 광경을 보며 군부를 담당하고 있는 장순택은 빙그레 웃음을 흘린다.

그는 이래서 딱딱한 군부회의보다 주정부 각료 회의를 더 즐기는 듯했다.

그때였다.

"사령관님. 급한 소식이 있습니다."

군부의 부관 한 명이 회의실 막사 문을 열고 급히 들어왔다.

"무슨 일인가?"

"서간도 백산 지역에서 주민 대표가 찾아왔답니다. 마적떼가 몰려오니 구원해 달라고."

"뭐라?!"

마적에 관한 보고가 들어오자 주정부 회의실은 금세 술렁이기 시작했다.

"후! 또 마적인가?"

"이제 때가 된 게야."

보고 내용은 이랬다.

삼백 명 정도 되는 마적떼가 백산 서쪽의 통화를 덮쳤고, 그 피난민들이 백산으로 몰려와 이 사실을 알렸다고 한다. 이에 장백과 임강 지역을 간도진위대가 점령한 사실을 이미 알고 있는 백산 주민들이 이렇게 마적을 물리쳐 달라고 요청했다는 것. 늘 그렇듯 다음은 백산 차례라며.

"통화 쪽 주민들의 피해 상황은?"

"잘 모르겠다고 합니다. 하지만 인명피해는 별로 없고, 돈과 곡식만 털렸을 것이랍니다. 연례행사처럼 늘 오던 놈들이라 그 행동을 예측할 수 있다고 합니다. 그 두목이 서 씨란 성을 쓰는 모양인데……."

"서 씨?"

태진훈은 뭔가 생각난 듯, 태블릿 PC로 뭔가를 빠르게 검색해 나갔다.

"하하! 있군요, 여기. 일제가 기록한 문서에 이 집단에 대한 보고서가 있었네요. 만주 집안현(輯安縣) 통구(通溝)에서 활동하는 마적단의 규모는 3백여 명으로 대규모이다. 이 마적단의 수괴는 서모(徐某)라 하는데…… 흠……. 뭐, 이 정도의 기록만 나와 있군요."

"통구는 압록강 변에 있는 마을인데."

"여기 북간도만큼이나 서간도에도 우리 한국인 주민이 밀집해 살고 있는 걸로 알고 있는데요. 정말 문제네요."

"그렇습니다. 기록을 보면 지금 서간도 지방의 한인 인구가 벌써 5만을 넘었다고 합니다. 그것도 2년 전, 청나라 통계로 말이죠. 그렇다면 지금은 더 늘었을 겁니다."

"걱정이네요. 우리 형편에 지금 당장 일본군과 충돌해

가며 서간도를 점령할 수는 없는 노릇이고."

"통화는 몰라도 백산은 충분히 우리 세력권에 둘 수는 있을 겁니다. 그곳에도 상당히 많은 한국인이 거주하고 있을 겁니다."

"음……."

성영길은 미간을 찌푸리며 손가락으로 책상을 두드린다.

손가락이 리듬을 타고 있는 것을 보니 두뇌를 맹렬하게 돌리고 있는 모양이다. 이윽고 뭔가 생각난 듯 얼굴이 금세 밝아진다.

"사령관님, 군부에서 병력을 동원할 만한 여력이 있나요?"

"글쎄요. 아무래도 회의를 해 봐야 할 거 같군요."

"어차피 우리 영역 이외의 지역에서도 군사작전을 벌이고 있는 걸로 알고 있는데요. 조금 더 확대하면 안 되겠습니까?"

"조금 고민됩니다. 백산엔 일본군도 소규모로 주둔하고 있는 걸로 알고 있습니다."

"오, 그래요? 백산 어느 지역예요?"

"팔도구 지역일 겁니다. 다들 아시다시피 백산은 후대

에 붙여진 이름이고, 원 이름은 혼강(渾江)이었나? 아니지, 이 이름도 후대에 붙여진 거니까……. 이 시대엔 팔도구란 이름이 붙어 있다고 알고 있습니다."

"어이쿠! 또 숫자 지명이네요."

"맞습니다. 백산 지역 전체에 아주 줄줄이 붙어 있습니다. 통화를 경계로 압록강 쪽에도 그렇고, 백산의 육도구에도 꽤 큰 마을이 있다고 합니다."

"그럼 우릴 찾아온 주민들도 팔도구나 육도구 주민이겠네요."

"그럴 겁니다."

주정부 인사들을 괴롭히는 이 숫자 지명은 21세기에도 여전히 이 지역에서 사용하고 있었다.

이 사실만 봐도 중국 한족들이 간도에 들어온 게 얼마 되지 않았다는 사실을 쉽게 유추할 수 있다.

"어쨌든 군사작전을 긍정적으로 검토해 주셨으면 합니다. 두 가지 이유에서 꼭 필요하다고 생각합니다. 일단 우리 한인 주민들을 보호하는 일이 가장 중요합니다. 저런 큰 마적 집단이 설칠 정도면 정말 걱정됩니다. 그리고 두 번째 이유는……."

성영길은 사람들의 이목을 끌기 위해 또 본능적으로

말을 끈다.

"그 마적 두목 서 씨를 사로잡아 우리 일 좀 시켰으면 해서요."

"예? 우리 일을?"

"고 국장하고 얘기했던 사안인데요. 지금 한성 쪽은 성한양행이, 연해주는 최봉준 선생, 독일은 볼터의 세창양행과 거래를 텄는데, 청나라 쪽은 아직 거래처가 없지 않습니까? 청나라 쪽은 곡식과 목화 등의 일차 산물이 풍부한 곳이니 반드시 거래처를 뚫어야 합니다. 하지만 저 흉포한 마적떼와 왜놈의 군대가 설치는 지역을 관통해 우리 상단이 오갈 순 없지 않습니까? 그러니……."

"아, 알겠다! 무슨 말씀이신지. 역시!"

전소연 학부 부장이 손뼉을 치며 맞장구를 치더니 성영길을 향해 엄지손가락을 치켜세웠다.

"그러니까, 조폭들 수법을 따르자는 말이죠. 처음엔 깡패 양아치 집단이었다, 덩치가 커지면 합법적으로 회사도 만들고 그러잖아요. 그러니 걔네들을 개과천선시켜 이익을 추구하는 상인 집단으로 만들자는 말이죠?"

"그런데 저 집단으로 될까요? 이제 슬슬 장작림이나 두립삼, 전옥본 같은 큰 마적 집단이 본격적으로 활동하기 시작할 텐데요?"

장작림(張作霖)은 설명이 필요 없을 정도로 유명한 마적 두목이다.

그는 후일 만주 지역의 마적단을 일통하고 청나라의 대표적인 군벌 중 하나로 성장해 간다. 전옥본(田玉本)도 세력이 1,000명을 훌쩍 넘는 대마적이었고, 두립삼(杜立三)은 이 당시 장작림도 두려워할 정도로 큰 집단을 이루고 있었다. 장작림은 이들을 하나하나 흡수해 가며 덩치를 키우게 된다. 이들의 본거지는 봉천과 요동지역이었다.

"마적에서 상인 집단으로 성격을 변화시키는 일도 중요하지만, 마적 군벌의 성장을 견제할 필요도 있다는 생각이 듭니다. 특히 장작림의 대항마로 말이죠. 우리와 거래하면서 이익을 얻게 되면 필시 덩치도 키울 수 있을 테니까요."

치안 상황이 엉망인 만주에서 마적들이 상단이라고 그냥 놔두리란 법도 없을 것이다.

또한 대규모 상행을 하려면 반드시 무력도 필요하다. 결국 마적의 특성을 모두 지울 수는 없게 될 것이다.

"정말 좋은 생각이네요. 얼마 안 있으면 겨울이라 목

화의 수급이 시급한 상황이었는데…… . 잘하면 일거에 해결되겠네요. 더구나 앞일을 대비한 포석으로 써먹을 수 있다면 더 좋은 일이죠."

"에휴! 정말…… ."

장순택은 성영길이나 다른 인사들이 나누는 대화를 듣자 실로 기가 막혔다.

흉악한 마적 놈들을 사로잡자는 발상도 그렇지만, 그들을 길들여 상인으로 만들거나 우리 편 마적으로 육성하잔 대목에선 한숨마저 나왔다.

"저기! 잠시 만요!"

결국 장순택은 손을 들어 논의를 중지시켰다.

"마적놈 사로잡는 게 얼마나 어려운 일인지 생각해 보셨습니까? 차라리 전멸시키는 게 더 쉽지. 싸우되 너무 많이 죽이지 말라…… 이 이야기 아닙니까? 그리고!"

장순택의 목소리가 점점 높아지기 시작했다.

"무슨 수로 그들을 개과천선을 시킵니까? 또 그 흉포한 놈들을 어떻게 우리 편으로 만듭니까? 배신을 밥 먹듯이 할 텐데. 거기다 꾸준히 관리해야 된다는 말인데, 그걸 누가 합니까?"

"돈이죠. 마적질 하는 거보다 더 이익이 되면 하지 않겠습니까? 또 두려울 정도로 강한 무력을 보여 주는 거죠. 배신은 꿈도 못 꾸게 말이죠."

"에헉! 정말이지. 오늘따라 성 부장과 고 국장이 정말 믿네요."

"유능한 지휘관들이 있는데 무얼 그리 걱정하십니까? 지금까지 어려운 작전도 척척 잘 성공하지 않았나요?"

"이 작전이 그 어려운 작전보다 몇 배 더 어려우니 문제지요."

장순택 사령관이 이토록 난감해하는 건 처음 보는 장면이기에 다들 잠시 꿀 먹은 벙어리가 되었다.

"흠…… 생각해 보니 좀 어렵긴 하겠네요. 그럼 뭐 포기해야 하나……?"

"누가 포기한다고 했습니까! 우리 주민의 생명을 지키기 위해서라도 당연히 출동해야죠."

성 부장의 반응에 장순택은 발끈해서 소리쳤다.

성 부장의 얕은 술수에 그만 넘어가고야 만 것이다. 성영길은 자신이 너무 했나 싶어 조심스럽게 한마디 덧붙였다.

"저희 부서에서 사람들을 지원해 드리겠습니다. 마적들 회유하는 일에 도움이……."

살짝 약이 오른 장순택은 성영길의 말끝을 단호히 잘라 냈다.

"하지만!"

성영길의 고개가 살짝 움찔거린다.

"그놈들을 사로잡는 작전은 실행하지 못할 수도 있다는 사실을 염두에 두시길! 인명피해가 날 수도 있으니까."

장순택은 힐끗 성영길에게 곁눈질하며 입꼬리를 말아 올렸다. 그의 소심한 복수였다.

시원하게 뚫린 도로를 달리며 현상건은 계속 혀를 내두르고 있었다. 오지와 다름없는 이곳에 이들이 들어온 지 몇 달 되지도 않았는데 벌써 이런 도로를 만들어 놓았으니, 살짝 놀랄 만했다.

또 이런 일이 무엇 때문에 가능한지도 알아냈다. 오는 길에 도로공사 현장을 잠시 참관했기 때문이었다.

주요 요충지를 지키는 군부대도 몇 곳 지나쳤다.

병력의 대부분이 전선 혹은 국경에 배치된 상황이지만, 전에 쓰던 주둔지를 소대 병력들이 흩어져 지키고 있는 상태였다. 군 초소를 통과할 때마다 이들은 군인들의 따뜻한 환영인사를 받았다.

이학균은 군인들이 모종의 통신수단을 이용해 자신들의 도착 사실을 미리 알고 있다는 사실을 눈치채고는 이에 대해 민우에게 꼬치꼬치 캐물었다.

"무전기라고 했소?"

"네."

"그러니까 사람의 목소리를 전신줄을 통하지 않고 전달한다? 신호도 아니고 목소리를?"

"그렇습니다."

이학균은 무전기의 존재와 그 기능에 대해 듣고 나자 까무러칠 정도로 놀랐다.

"허허! 이게 무슨 조화인지……."

이학균의 표정을 보고 빙긋 웃는 민우.

목단강역을 출발하여 이곳까지 달려오는 내내 둘의 표정은 상반되었고, 똑같은 패턴으로 재생되었다.

늘 놀랍다는 반응을 보이는 사람과 득의의 미소를 짓는 사람. 반복되는 질문과 대화, 그리고 같은 반응들.

이들은 날이 어두워지자 용정에서 하룻밤을 묵고 다음 날 아침 무렵에 화룡에 도착했다.

현상건과 이학균도 다른 귀빈들처럼 주정부 인사들의 뜨거운 환영을 받았다. 서로 인사를 주고받고 간단히 대화를 나누는 시간도 가졌다.

현상건과 이학균은 태진훈 주지사를 직속상관 대하듯 예의 바르게 행동했다.

황제에게 정식으로 임명된 고관이란 명분도 있지만, 이 엄청난 집단의 수장이란 점도 작용하는 듯했다.

태진훈은 극진한 예를 다하는 두 위인들의 태도에 몸 둘 바를 몰라 했다.

"어이쿠! 전 두 분께 이런 대접을 받을 만한 위인이 못됩니다. 그러니 제게 편하게 행동하셔도 됩니다."

태진훈의 겸손한 태도에 현상건과 이학균은 더욱 더 자신을 낮췄다. 양측은 경쟁이라도 하듯 몸 낮추기를 하고 있었다.

"우리 간도에 대해 궁금증이 많을 겁니다. 하여 마침 한성에서 도착한 인재들을 상대로 간단한 설명회를 열고 있습니다. 이틀간 진행될 예정입니다. 간도 형편을 살피시기 전에 이 행사에 참가하시지 않겠습니까? 두 분께 큰 도움이 될 것 같습니다만."

"오! 그렇습니까? 그럼 당연히 참가해야지요."

주지사의 안내에 따라 주민 교육용 대형 천막에 들어선 두 사람은 안에 들어가자마자 그대로 얼어붙어 버린다.

마침 안에서 상영되고 있는 영화 때문이다.

총천연색의 고화질 영상이 은막에 흐르고 실감나는 현장음이 대형 스피커에서 퍼져 나온다. 이미 자리에 좌정해 교육을 받고 있는 이들의 반응 또한 두 사람과 다르지 않았다.

영화의 첫 부분은 그동안 수행해 온 전투 장면을 편집한 것이다. 계속 업데이트를 해서 마지막 부분은 무산령 전투 장면까지 담긴 상태.

처음엔 끔찍한 살상 장면과 생전 처음 보는 신무기의 위력에 비명을 지르기도 했다.

하지만 끝내 간도진위대가 승리하자 모두들 환호성을 질렀다.

특히 무산령 전투에서 그토록 증오하던 일본군을 상대로 통쾌한 승리를 거두는 모습에 벌떡 일어나 덩실덩실 춤을 추는 이도 있었다. 하지만 마지막 부분, 이 전투에서 전사한 두 병사의 장례식을 엄숙하게 거행하는 장면이 나오자 들뜬 분위기가 순식간에 잦아들었다.

통곡하는 가족들, 그 곁에서 눈물 흘리는 전우들, 고개 숙여 사과하는 태진훈 주지사와 장순택 사령관의 모습이 차례로 등장하자 눈물을 흘리는 관객도 있었다.

현상건과 이학균도 눈이 벌게져 있었다. 영화가 한참 전에 끝났는데도 두 사람은 여전히 텅 빈 스크린을 응시하고 있었다.

다른 이들도 마찬가지였다. 모두가 속으로 이 상황을 곱씹는 모양이었다.

영화 자체도 충격이고, 그 영화에 담긴 내용도 경악할 만했다. 이들에게는 이 자리에서 얻은 정보와 느낌을 추스르고, 삭혀 낼 시간이 필요했다.

현상건과 이학균은 이곳에 들어왔던 자세 그대로 서서 영화를 관람한 상태였다.

영화에 빠지다 보니 앉을 생각도 못한 모양이다.

털썩!

이학균은 태진훈 주지사에게 다가가더니 무릎을 꿇었다. 눈에서는 둑 터진 물길마냥 눈물이 콸콸 흘러내렸다.

태진훈은 급히 몸을 숙여 이학균을 부축했다.

"이 참장님?"

"고맙소! 고맙소…… 고맙소…… 그대들이 간도에 와

줘서…… 정말 고맙소."

이학균은 그저 고맙다는 말만 계속 되뇐다.

무릎 꿇은 자세 그대로 계속 눈물을 흘린다. 격하게 올라오는 감정에 고개도 계속 들썩거리고 있다.

"모두가 사실이었어. 목단강에서 만난 군관의 말을 터무니없다고 여겨 믿지 않았는데. 고민우 국장의 말도 과장이 섞여 있다 생각했는데……."

이학균은 잠시 숨을 고르더니 다시 말을 이어 갔다.

"미안하오. 내가 아둔하여 그대들을 의심했으니. 이제 우리 대한제국은 간도로 인해 다시 살아날 것이오. 분명히 그럴 것이오."

이 모습을 지켜보던 현상건은 이학균에게 다가가 무릎을 굽히더니 그의 손을 잡았다.

"의형, 이 못난 의제도 마찬가지였소. 이제 분명히 알았소. 나라의 장래가 이분들에게 달려 있다는 사실을."

고요한 공간에 울려 퍼진 흐느낌과 대화 소리가 시선을 끌었던 모양인지 관객 모두가 돌아서서 이들을 바라보고 있었다.

주정부 인사들도 감회에 젖은 모양인지 더 이상 진행을 하지 않고 이들을 지켜보고만 있었다.

어쩌면 꼭 필요한 시간이기도 했다.

짧다면 짧고 길다면 긴 이 시간. 이 공간에 있는 모든 이들의 내면에서 큰 울림이, 큰 변화가 일어나고 있으리라.

여기 있는 모든 이가 거창한 대의명분을 쫓는 것은 아닐 것이다.

하지만 '나라를 빼앗길 위기에 처한 상황에서 누군가 나라를 구할 수 있다는 희망을 준다면, 그게 유일한 희망이라면, 또 자신이 그 당사자가 될 수도 있다면' 이란 가정을 하나라도 해 보게 된다면 생각이 조금 달라질 것이다.

이들은 내면 깊은 곳에 박혀 있는 그 무엇이 한 방 세게 격동된 후, 스멀스멀 밖으로 기어 나오는 듯한 느낌을 받았으리라.

더구나 낯익은 유명인사의 격한 감정의 표출은 그들의 깊은 곳을 더욱 자극하고 있었다. 노심초사, 불철주야 나라를 구하고자 이리저리 뛰어다녔던 사람들.

그들이 굵은 눈물을 뚝뚝 흘리며 감격해하고 있는 것이다.

관객들 중 이들을 알아본 이들이 하나둘 다가오기 시

작했다. 그리고 그중 한 인물이 무릎을 꿇더니 깊게 고개를 숙였다. 앉아 있는 현상건을 배려해 무릎 꿇고 인사한 것이다.

"선생님! 접니다. 인규입니다."

"인규? 오! 이인규 부교관!"

현상건이 광무학교 교장을 역임할 때, 이인규(李仁圭)는 실제 부교관으로 있던 인물이었다.

광무학교(鑛務學校)는 광산기술자를 양성하기 위해 광무 4년(1900년) 고종 황제가 세운 학교로 프랑스인 트레몰레(Tremaulet)와 뀌빌리에(Cuviller) 등을 초빙해 학생들을 가르쳤다.

후일 일진회가 세운 광무학교(光武學校)와 음만 같을 뿐, 전혀 다른 성격의 학교이기 때문에 이 둘을 엄밀히 구분할 필요가 있다.

머나먼 간도 땅에서 다시 이어진 인연에 둘은 몹시 감격해했다.

"어쩐 일로 이곳에 왔는가?"

"보재 선생께서 이곳을 추천해 주셨습니다. 이곳에 광산 기술자가 많이 필요하다고."

"광무학교 일은?"

"나라가 이 모양인데 학교가 잘 돌아가겠습니까? 곧 폐교된다는 소문도 돌고 그래서, 이리로 발길을 옮기게 되었습니다."

"잘 생각했네, 정말 반가워."

이인규를 비롯한 광무학교 출신 인재들은 현상건 곁으로 몰려와 해후의 정을 나눴다.

이학균도 마찬가지였다.

이렇게 해서 첫 교육 시간이 지나갔다. 사람 수만큼이나 많은 상념을 낳은 채.

간도진위대 병력들은 이제 모두 새로운 주둔지에서 담당 구역에 대한 경계 상태에 들어간 상황이다.

북쪽의 2연대 3대대 병력은 목단강을 경계로 동청철도의 서쪽 노선을, 해병대는 동청철도 동쪽 노선과 이남의 연해주 국경 지역에 기역자 모양으로 병력을 배치했다.

연추에 주둔하고 있는 일본군과 국경을 마주 대하고 있는 1연대 병력은 초긴장 상태로 경계에 임하고 있으며, 3연대 병력 또한 장백정간을 따라 병력을 배치하고, 선견한국분견대의 한국군 부대와 더불어 남쪽 경계를 철통

같이 지키고 있다.

또한 러시아와 일본 간에 정전이 되어 전선이 소강상태로 변하자 선견한국분견대 소속 군인들을 대상으로 회령과 무산훈련소에서 본격적으로 훈련이 시작된 상황이다.

문제는 서부전선이었다.

아직 러시아와 일본군의 철군이 시작되지 않은 탓에 큰 변화는 없었다.

그러나 양국 군대가 철수하게 되면 청의 관료와 지팡이들이 관병과 사병을 이끌고 간도로 진입을 시도할 게 뻔했다.

또, 이들은 간도진위대가 간도를 점령한 사실을 알고 있을 가능성이 크기 때문에 마적들까지 용병으로 고용해 데려올 것이란 예상을 하는 이도 있었다.

"가능성 정도가 아니라 백 프로 확신합니다. 다만 장작림 같은 대마적단은 청국 관리와 더불어 완전히 망가진 만주의 치안 체계를 잡거나 경쟁 상대와 싸움을 벌이게 될 테니, 이들 대신 백 명 단위의 소규모 마적들이 이 작전에 참여할 겁니다."

"끙! 문제로군. 그럼 언제쯤 들이칠 거라 예상하나?"

"빠르면 이번 달 말? 최소 다음 달쯤에는 확실히 올 겁니다. 이 지역의 벼 수확기가 9월말 경이라 그렇게 추정했습니다."

주정부 회의에서 나온 얘기대로 통화지역에 출현한 마적단의 처리 문제로 급하게 소집된 군 간부회의에서는 차제에 마적단에 대한 종합적인 대책을 마련하기 위해 부심하고 있었다.

"그쯤이면 훈련소를 수료한 신병들이 배치될 시점이니 병력 문제는 큰 문제없을 테고……"

"그렇습니다. 이번에 새로 확보한 지역을 대상으로 한 군사작전까지 한꺼번에 벌일 수 있을 겁니다."

"그렇겠지. 그리고 우리 영토 안에서도 마적들이 준동하겠지?"

"당연히 그럴 겁니다. 사령관님 말씀대로 우린 서쪽에 선만 그어 놓고 병력을 배치한 상태라 이 안쪽에서 분명 일이 벌어질 겁니다."

"후후! 그렇다면 우리한테 좋은 명분을 주겠군. 그것도 나쁘지 않은 소득인데?"

"아! 그 명분 말입니까?"

"그렇지."

지휘관들은 한족마을 사람들이 가을철이면 마적으로 변하는 게 습성화되어 있다는 사실에 주목했다.

이 지역에 아무리 노동력이 부족하다 해도 그런 질 나쁜 주민들을 우리 국민으로 받아들일 이유가 없었다. 그래서 한족마을 중, 마적떼에 가담한 마을이 나오면 주민들의 재산을 몰수하고 국경 밖으로 몰아내기로 이미 결정한 바가 있기에 이 정책을 적극적으로 활용하기로 결심했다.

"기존 국경 내부 지역은 치안대가 충분히 감당할 수 있을 테고."

"그렇습니다. 이 지역 내에는 큰 마적떼가 나올 수 없게 되었습니다. 이미 철저하게 정리한 상황이라. 다만 열 명 이하의 소규모 강도들이 산골짜기에 있는 작은 마을을 노릴 가능성이 있으니 치안대에 잘 대비하라고 당부해야 할 겁니다."

기록에 따르면 보통 7명 단위의 소규모 마적도 이곳에서 상당히 많이 출몰했다고 한다.

이들을 대규모의 마적과 구분해서 토비(土匪)나 건달이라 부르기도 했다는데, 이자들은 마을을 노리지 않고 산골에 외따로 떨어져 있는 화전민의 집들을 주로 털고 다녔다 한다.

장순택은 턱을 한 번 쓱 쓰다듬더니 관자놀이를 손가락으로 꾹꾹 문질렀다.

아직 중요한 과제가 남아 있기에 자연스레 나온 행동이었다.

"큼…… 문제는 백산 지역인데. 아무래도 3연대 1대대에서 차출해야겠지?"

"그렇습니다. 2연대 병력은 새로 확보한 국경선을 지키느라 전혀 여력이 없습니다. 그러니 전력 투사 작전 차 남서쪽 전선에 나가 있는 3연대 1대대 병력 중 일부에게 임무를 맡겨야 할 겁니다."

"후후! 결국 홍범도 장군께서 또 나서셔야 하겠지?"

"하하하! 좋은 의견이십니다."

"그럼 3연대의 한준상 소장에게 회의 결과를 알리고 병력을 차출하라 전하게. 그리고 무인 정찰기를 서부전선에 집중 투입해 혹시 모를 마적들의 준동을 감시하도록!"

러시아와 일본군은 포츠머스 강화회담 결과로 인해 연해주 전선에선 전투를 멈춘 상태였다.

이제 본국에서 정식 훈령이 떨어지면 만주전선에서도

휴전 절차를 거쳐 철군 준비를 한 후, 단계적으로 만주에서 병력을 빼게 될 것이다.

실제 역사에서는 포츠머스 정전협정이 조인된 게 9월 5일이었고, 휴전은 9월 16일에 성립되었다.

하지만 실제 역사와 약간 달라진 상황, 즉, 양국 모두 더 큰 피해를 당했기 때문에 휴전절차를 서두르고 있었다.

특히 복잡한 만주전선이 문제였는데, 워낙 많은 부대들이 얽히고설켜 있고, 전선이 길게 형성된 덕에 포츠머스 협정의 조인 이후에도 간헐적인 전투가 있었다.

하지만 연해주는 전선이 짧게 형성된 지역이라 깔끔하게 정전된 상태였다.

그 덕분에 지금 당장 일본군을 경계할 필요는 없었다. 오랜 전쟁으로 지친 저들은 휴식 이외에 아무런 움직임을 보이지 않았다.

어차피 국제사회로부터 이번 전쟁으로 얻은 전리품, 즉, 영토와 이권에 대한 보장을 받은 상태이기에 전리품을 챙기는 일은 천천히 기력을 회복하며 진행해도 될 일이다. 굳이 전쟁 때처럼 안달복달하며 간도진위대를 상대로 지금 당장 새로운 작전을 펼 이유가 없다.

화제가 일본군의 동태 문제로 흘러가자 장순택의 입가에 득의의 미소가 떠오른다.

　"후후! 왜놈들…… 저렇게 발 뻗고 쉴 때가 아닌데 말이야. 우리한테 시간을 주는 만큼 더 큰 대가를 치러야 한다는 사실을 꿈에도 모르겠지? 후후!"

　"덕분에 우리는 당분간 마적들만 상대하면 됩니다. 그러다 겨울이 오면 또 시간을 버는 셈이 됩니다."

　"그런가? 이 또한 좋은 일이군. 마적과 청군의 공세만 넘기면 된다 이거지?"

　모든 군사작전을 멈추고 휴식을 취하게 될 겨울을 생각하니 모두의 얼굴에 미소가 감돌았다. 이곳의 긴 겨울은 그 기간만큼이나 간도를 더 살찌고 알차게 만들어 줄 테니까 말이다.

　"엑?! 또 우리야?"

　"그렇지 말입니다."

　"아이고! 내 이럴 줄 알았다니까. 우리가 저 홍 장군님 휘하에 들었을 때부터 뭔가 잘못된 거라고! 그때부터 지옥문이 열린 거였어."

　김종선 중사와 황선일 하사는 백산 지역에 파견될 부

대로 자신들의 중대가 선택됐다는 얘길 전해 듣자 아연 실색했다.

이제 겨우 작전을 완료한 상태였다.

이들은 요 며칠간 갑산 지역에 들어와 있는 일본군 헌병대를 이 잡듯 모두 소탕하고 잠시 휴식을 취하고 있었는데 이런 청천벽력 같은 소식을 들은 것이다.

이 소식이 기쁜 듯 헤벌레 입을 열고 실실 웃고 있는 홍범도 소대장을 황선일은 곁눈질로 흘겨보며 말을 덧붙였다.

"사령부에서 아주 작정한 기 같아. 우리 홍 대장님 별 달아 주려고 말이야. 덕분에 우린 꼬였고…… . 이러다 언제 여자 만나 결혼하고 가정을 꾸리겠냐? 2연대 애들은 벌써 몇 달째 연애질 하고 있다던데, 우린 뭐냐고! 저 싸움 좋아하시고 우악스런 홍 대장님 따라 만날 산만 타고 말이야."

"그러게 말입니다. 가끔 우리 홍 대장님 얄밉다는 생각이 들 때도 있지 말입니다."

"크크! 너 너무 나갔다."

이들의 투덜거림은 결국 존경하는 홍 대장까지 물어뜯게 만들었다. 하기야 군영에서 상관에 대한 뒷담화야말로 하나의 활력소란 말도 있으니 이들을 탓할 수도 없다.

결국 이들은 뭐가 그리 좋은지 콧노래까지 흥얼거리는 홍범도의 뒤를 졸졸 따라 한참 동안 산길을 타다 압록강까지 건너야 했다.

이들이 도착한 곳은 백산 지역의 팔도구(八道溝) 마을.

후일 혼강과 백산시로 이름이 바뀌게 되는 지역인데, 혼강이 만들어 낸 넓은 하천 분지에 들어선 마을이다.

간도 지역 어디나 너른 산악지대에 주름을 내며 흐르는 물줄기가 거미줄처럼 퍼져 있다. 그리고 이 강과 하천 유역에 형성된 평야지대를 따라 초기 마을이 들어서게 되고 그 순서대로 숫자를 붙여 마을 이름을 짓게 되는데, 이곳 혼강 유역의 마을도 숫자가 차례대로 붙어 있다.

그중 사람이 많이 사는 곳은 팔도구와 육도구였다. 그리고 혼강 유역의 주민들은 대부분 한국인들이다.

"어서 오십시오, 홍 소대장님."

1중대장 이명학 중령이 홍범도 소대를 따뜻하게 맞아 주었다.

"충성! 그간 수고 많으셨습니다. 저희가 제일 늦은 모양이오."

홍범도 소대까지 도착하자, 이제 1중대 병력이 모두 모이게 되었다.

"그렇습니다. 소대원들 보고 잠시 휴식하라 하고 1시간 후에 작전회의를 하겠습니다."

"알겠습니다. 그런데…… 포로도 잡으셨습니까?"

홍범도는 병영 한구석 포승줄에 묶인 채 무릎 꿇고 앉아 있는 일본군 포로를 보고 중대장에게 물었다.

"우리가 한 일이 아닙니다. 장진지구대에 속한 특전대원들이 한 일이죠."

혜산의 일본군 헌병대를 정리했던 특선대원들이 사령부의 지시를 받아 이 마을에 있던 소대 규모의 일본군 주둔지를 습격했다.

그런데 다른 때와 다르게 이번에는 모두 죽이지 말고 포로 몇 명을 잡으라는 지시를 내렸다고 한다. 서쪽 만주전선의 일본군에 대한 정보를 얻기 위해서다.

"그런데 저놈들…… 아주 고분고분합니다. 자기 부대의 병력 배치 정보를 아주 술술 불고 있어요. 어떤 놈은 우리가 묻지도 않았는데 먼저 알려 줍디다."

이명학은 이런 얘기를 이미 들은 적이 있다. 일본군 포로처럼 모범적인 포로가 없다는 사실을.

저들은 자기들끼리 뭉쳐 있으면 온갖 개망나니 짓을 할 정도로 집단적인 폭력성도 보이지만, 이렇게 포로의 신분으로 있으면 얌전히 포로의 본분을 다했다고 한다.

이 때문에 이번 전쟁 기간 중, 러시아군 장교가 무척 의외라며 이 사실을 보고서로 만들어 올린 적이 있다.

참으로 특이한 민족성이다.

포로가 되었으니 이제 주인이 바뀐 거고, 그 때문에 새 주인에게 고분고분하게 충성을 하는 것이다. 한마디로 저들이 행한 잔인한 짓도 주인이 시키니까 아무런 거리낌 없이 한 것이고, 이제 다른 주인이 자신의 옛 주인에 대해 배신하라 명령하니 거리낌 없이 배신하는 것이다.

"그럼 저들을 어찌 처리한답니까?"

"본부로 보내 노역을 시킨다고 합니다. 우리가 인간 백정이 아닌 이상, 포로를 죽일 수야 없는 노릇이니까요."

"허허! 그건 그렇지요."

잠시 후, 중대 본부 막사에서 작전회의가 열렸다.

"포로 심문 결과, 통화에 일본군 중대 병력이 주둔하고 있다고 합니다. 원래 소대병력 정도만 주둔했는데 병력이 늘어났다 합니다. 그리고 이 마을 서남쪽 육도구 마을의 소대 병력도 특전대가 이미 정리한 상황입니다. 우리가 병력을 인솔해 육도구 마을로 내려가면 특전대원들은 우리의 작전 예상지 주변으로 흩어져서 사람들의 이목을 완전히 차단하는 역할을 맡게 될 겁니다. 우리가 벌일 작전을 아무도 알지 못하게 하는 역할을 하는 거죠."

이 당시 일본군 지도를 보면 압록강에서 통화, 개원까지 비스듬하게 잇는 선을 자신들의 점령지로 표기하고 있었다. 그래서 통화 근처에 있는 백산 지역에도 정찰대 조로 소대 병력들을 파견해 러시아군이 침범해 오는지 여부를 탐색하게 한 것이다.

"흠. 통화지역부터 일본 만주군의 본대가 있다는 얘기군. 바로 코앞에 말이야."

이명학 중령은 살짝 긴장한 모습이었다. 그는 손가락 하나를 세워 코를 두드리고 있었다.

부중대장은 계속 보고를 이어 갔다.

"마적들은 아직 통화지역을 전전하고 있습니다. 통화 현청 마을엔 일본군이 있으니 아예 건드릴 생각도 못하고, 산길을 타고 다니며 주변 마을을 탈탈 털고 있는 모양입니다. 그 일이 끝나면 이제 곧 백산지역으로 넘어올 겁니다."

"예상 경로는?"

"혼강을 따라올 겁니다. 삼도구, 사도구, 오도구를 거쳐……."

"훗! 그다음이 육도구란 말이지?"

"그렇습니다. 그래서 작전지역을 사도구에서 오도구 지역으로 정했습니다. 오도구 마을 부근에서 혼강 유역 평야지대가 병목처럼 좁아집니다. 그러므로 최종 전투는 오도구에서……."

"오도구라……."

"이번 작전은 크게 보면 포위를 통한 생포 작전으로 진행됩니다. 따라서 일, 이, 삼 소대가 계곡의 삼면을 포위하고 최종적으로 오도구 계곡에 배치된 화기소대가 집중적으로 화력을 투사, 적의 진로를 막고 항복을 유도하도록 할 예정입니다."

"음…… 어쩔 수 없이 수많은 살상이 일어나겠어. 본부에선 되도록 많이 살리라 했는데 말이야."

이명학 중대장이 이 말을 하자, 작전회의를 참관하던 민간인 차림의 주정부 직원이 떨떠름한 표정을 짓는다.

혼강(渾江)은 압록강의 지류로서 고구려의 발상지를 품고 있는 곳이라 알려진 물줄기이다.

예를 들어 혼강의 원이름이 비류수(沸流水) 혹은 졸본천(卒本川)이란 얘기하며, 고구려 태조 주몽이 건넌 강이 바로 비류수이고, 근처에 초기에 쌓았다는 오녀산성 얘기도 그렇다. 하지만 후대 사가들 중, 다른 학설을 피력하는 이들도 많았다.

이 때문에 주정부 내부의 주민국과 도로교통부 도로국 직원들은 골머리를 앓았다.

엉망진창인 땅 이름과 하천의 이름을 반드시 개명해야 하는데, 가장 유력한 대안으로 제시된 게 고구려와 대진국 발해의 지명을 고증해서 붙이자는 의견이었다.

그러나 이 의견은 학부의 강력한 반대에 부딪쳤다. 고구려와 발해의 역사는 워낙 훼손되고 왜곡된 정도가 심해 섣불리 잘못 붙였다가 후일 역사 복원 과정에서 반드시 문제되는 부분이 발생할 것이고, 이는 우리에게 큰 손해로 다가올 것이란 얘기였다.

후대에 벌어질 역사 전쟁을 대비하자는 얘기이기도 했다. 결국 지명에 대한 논쟁은 아직도 끝나지 않은 채, 일부 새로운 이름을 붙인 곳을 제외하고 대부분 현재 통용

되는 지명을 그대로 사용하고 있었다.

혼강이 만들어 놓은 협곡 길에 말발굽 소리가 메아리치며 흘러 다닌다.

"음! 기마가 100기에 보병이 200이라."

사도구 마을 초입 산악지대에 숨어 있던 홍범도의 3소대가 가장 먼저 마적들의 움직임을 감지했다.

홍범도 소대는 마적들의 통과 사실을 중대장에게 보고하고, 뒤를 따라 가다가 어느 시점에서 적의 후미를 틀어막는 역할을 맡기로 한 상황이다.

마적들의 차림새는 역시나 대동소이했다.

제복이란 게 있을 리 없고, 무장도 다양하다.

이들 중 청나라 관병의 무기고를 습격하여 얻은 모제르 소총—양무운동 당시 청국의 천진기기국에서 독일 마우저의 모제르 소총을 면허 생산한 제품—이나, 영국제 엔필드 등의 볼트액션식 소총 등으로 무장한 자들도 보인다.

사실 이곳에선 청나라 관병의 정체성도 모호한 상태였다.

몇 년 후 서세창이란 이가 동북삼성 총독으로 부임해 오는데, 그는 장작림이란 마적 두목에게 관직도 주고 관의 병력을 배속시킨 일도 있었고, 관병 또한 온갖 불법적인 일을 벌이고 다니는지라 관병과 마적의 경계가 무엇인지 참으로 알기 어려운 일이다.

그만큼 만주지역은 무법천지였다.

마적들은 거침없이 육도구 마을을 향해 나아가고 있었다.

기병을 따르다 지친 보병들에게 잠시 휴식시간을 주기도 했지만 무척 서두르는 모양새를 보인다.

산악지대를 휩쓸 땐 기습이 가능해 상대적으로 많은 소득을 올릴 수 있지만, 이런 관도를 달리면 어쩔 수 없이 자신들의 모습이 노출되어 목표로 정한 마을 주민들이 사전에 대피하는 수가 있기 때문이다.

한참 신나게 달리고 있는 와중에 갑자기 '탕!' 하는 총소리가 들리며 선두 기병 한 명이 바닥으로 고꾸라졌다.

이 한 발의 총성은 신호에 불과했다.

뒤이어 포탄이 보병대의 중간 지점에 한 발 떨어짐과 동시에 전방 언덕배기에서 사정없이 총탄이 쏟아지기 시작했다.

조준경으로 조준해 쏘는 소총탄은 거침없이 마적들의 몸을 파고들었다. 이 초기 기습공격으로 이미 수십 명이 사망해, 마적의 선두 진영은 순식간에 붕괴되어 버렸다.

그런데 마적의 입장에서 볼 때, 문제는 적의 존재가 보이지 않는다는 것이다. 적은 숲 그늘에 숨어 조준 사격을 하는 상태여서 마적들은 적이 있는 방향도 짐작하기 어려웠다.

이럴 때는 일단 몸을 피하는 게 상책.

마적들은 양쪽 측면의 계곡으로 흩어져 숲 속으로 숨어 들어가려 했지만 이곳에서도 이미 적들이 자리 잡고 총탄을 날려 댔다. 역시 이곳에서도 적의 존재가 전혀 보이지 않았다.

대열의 중간에 있던 마적 두목 서영계는 이 엄청난 사태에 너무 놀란 나머지 한동안 아무런 명령도 내리지 못했다.

하지만 사태가 워낙 엄중하다 보니 졸개들은 두목의 명령을 기다리지 않았다. 마적들은 후퇴만이 살 길이라 판단했는지 등을 돌려 행렬 맨 뒤쪽으로 재빨리 달아나기 시작했다.

타당! 탕! 탕!

마적들의 탈출에 대한 기대감은 역시 후미에서 들려온 총성들에 지워져 버렸다.

홍범도 소대에서도 거침없이 사격을 시작한 것이다. 하지만 묘하게도 총탄은 사람을 맞추지 않고 사람 앞의 땅에 내리꽂히고 있었다.

퇴로까지 막히자 마적들은 제각기 다른 판단을 내린 모양이었다.

말 시체를 엄폐물 삼아 적이 있을 것이라 짐작되는 곳으로 사격을 하는 이도 있었고, 그저 땅바닥에 납작 엎드린 채 벌벌 떠는 놈도 있었다.

어쨌든 포위망 안에 적들을 잡아 가두는 전략은 성공한 상태였다.

이명학 중대장은 사격 중지 명령을 내렸다.

이쪽에서 사격을 중지하자 간간히 마적 몇 놈이 쏴 대는 총소리만 들렸다. 하지만 이내 마적의 사격도 곧 잦아들었다.

저들이 더 이상 쏘지 않는다는 사실은 살 길이 생길지도 모른다는 기대감을 품게 한다. 마적들은 이 사실을 본능적으로 깨달은 것이다.

아니나 다를까.

잠시 후, 통역을 담당한 주정부 직원이 메가폰을 통해 중국어로 소리를 질렀다.

"너희들은 포위됐다! 모두 항복하라! 항복하면 살려 준다!"

이 소리를 듣자 마적들은 두목 서영계에게 눈길을 주었다.

빨리 항복하자는 무언의 독촉이 눈빛 속에 잔뜩 담겼다.

결국 서영계는 고개를 끄덕였다. 그 동작을 확인한 마적들은 일제히 총을 버리고 손을 번쩍 들어 올렸다.

"마적 두목은 앞으로 나오라!"

서영계는 올 게 왔다는 생각에 하늘로 시선을 주었다. 부하는 몰라도 자신은 곧 죽게 되리라.

보통 마적들은 그랬다. 적의 두목은 바로 죽이고 부하들은 흡수한다.

"후우! 여기까지인가……."

서영계는 천천히 일어나 앞으로 걸어 나왔다. 하지만 그가 예측했던 일은 일어나지 않았다.

적 두목이 나오는 것을 본 이명학은 적 모두를 제압하라 명령했다. 이윽고 모든 부대가 모습을 드러냈다.

마적들은 이제야 적의 정체를 두 눈으로 확인하게 되었다. 자신들보다 숫자는 적지만 저들은 정규군이었다.

하지만 자주 보던 일본군의 모습은 아니었다. 도대체 누구일까?

마적들이 웅성거렸다. 포박 당하는 중에도 적들의 정체가 궁금했던 모양이다.

이명학은 마적들을 이끌고 급히 산속으로 들어갔다. 일부 인원들은 남아 황급히 전장을 정리했다. 흥분해 흩어진 말들을 모은 후, 시체를 묻고 탄피는 모두 수거했다.

"후후! 다행이네요. 매복 지점 지형이 절묘했어요. 은폐와 엄폐를 잘한 덕분에 사상자도 없고. 더구나 박격포 한 발 쏜 거 외에 다른 무기의 존재도 들키지 않았으니."

이명학은 이번 작전이 깔끔하게 성공하자 무척 기분이 좋아 보였다.

이명학의 말대로 박격포를 한 발 쏜 이유는 대포도 보유한 정규군이라는 사실을 상기시키기 위함이었다. 저들은 어차피 박격포의 존재를 본 건 아니니 문제는 전혀 없었다.

"김이 다 빠질 정도입니다. 섬멸보다 포획하란 명령 때문에 많이 걱정했는데 말입니다."

1소대장 주창진 중위도 맞장구를 친다. 홍범도 또한

특유의 걸걸한 목소리로 화답을 했다.

"껄껄! 자고로 안 보이는 적이 가장 무서운 법이다요. 저놈들 모두 황천길 갔다 온 기분일 거외다."

"자! 그럼 회유인지 뭔지 하는 골치 아픈 일은 정부 직원이 담당하기로 했으니 우린 구경이나 하면 되나?"

"하하하! 그것도 재미있는 일이 될 겁니다그려."

두목 서영계는 기분이 얼떨떨했다.

즉결 처형을 당하지 않은 걸 보면 일단 몇 시간 생명줄이 연장된 셈이라 그나마 다행이라 여겼다.

잘하면 살 수도 있지 않을까 하는 기대감도 품어 보았다. 같은 마적이 아니고 정규군이니 조금 다를 것이란 예상도 해 보았다.

조금 있자 주정부 직원의 회유 작업이 시작된다.

난데없이 나타난 적의 정체가 간도진위대란 얘기에 서영계는 그다지 놀란 기색을 보이지 않았다.

일본군이 아니라면 얼마 전, 임강을 점령했다던 대한제국의 의병일 거라는 생각 정도는 했다. 그도 이미 소문을 들어 알고 있기 때문이다.

직원은 굳은 표정과 딱딱한 말투로 말을 이어 갔다.

"당신을 살려 주겠다. 아니, 그뿐만이 아니라 우리와

손을 잡으면 돈도 벌게 해 주겠다."

"사, 살려 준다고? 정말이오?"

"그렇다. 단 몇 가지 약속을 지켜야 한다."

"약속?"

이미 저승 문턱까지 다녀온 두목이라 회유는 그다지
어렵지 않았다.

직원은 회심의 미소를 짓더니 몇 가지 조건을 풀어놓
기 시작했다.

"다시는! 마적질 하지 말 것!"

"이보시오. 그러면 내가 부하들을 먹여 살릴 방도가
없는데 어떻게 하란 말이오?"

"뭐라고? 그럼 남을 죽이고 재산을 빼앗아야만 살아갈
수 있단 얘긴데, 그게 말이 되나?"

"이곳은 죽이지 않으면 죽임을 당하는 곳이오. 그러니
우린 무장을 할 수밖에 없소. 또 난 함부로 사람을 죽이
지 않았소."

"뻔뻔하군. 너흴 죽이려는 자들 하고나 싸울 일이지.
힘없고 죄 없는 주민들의 재산은 왜 터는데?"

"그래도…… 다 털지는 않았소."

"후후! 조금은 똑똑한 마적이란 뜻인가? 양민을 가축

으로 여기니 그랬겠지. 죽이면 다음에 털 것이 없으니까, 살려 둬야 다음에 또 털 수 있으니까. 넌 사육한단 생각으로 죽이지 않은 것 아닌가? 내 말이 틀렸나?

"그, 그게……."

"생각이 바뀌지 않은 걸 보면 죽고 싶단 말이군."

"아, 아니오. 생각을 바꾸겠소. 제발 살려 주시오."

직원의 얼굴이 더욱 차갑게 변하자 서영계는 조금이나마 남아 있던 마적 두목이란 자존심도 버리고 살려 달라 매달리기 시작했다.

"살아갈 방도를 마련해 주겠다. 굳이 마적질을 하지 않아도 돈을 더 많이 벌게 해 주면 되는 거 아닌가? 가난한 주민들 호주머닐 털어 봤자 얼마나 나오겠나? 안 그런가?"

"어, 어찌하란 말이오?"

"우리 간도는 넓지. 인구도 계속 늘고 있고. 네가 믿지 않겠지만 일본군이나 마적들로부터 이 땅을 지킬 힘도 충분히 가지고 있다. 다만 만주 일원에서 교역을 해야 하는데 교역을 맡아 줄 집단이 필요하다. 어떤가, 하겠나?"

"그렇다면야…… 그런데 물품은 어느 정도나?"

"물품은 많을수록 좋다. 또 돈도 충분히 줄 테다. 물건값에서 일정 정도를 네 이윤으로 챙기도록 해 주겠다. 너희 정도의 마적단이 감당할 정도의 물량이 아니다. 그 정도로 필요한 물품이 많으니 앞으로 돈 걱정은 하지 않아도 될 거다."

"하지만 우리보다 더 큰 마적 집단도 있소. 그들이 우릴 노릴 수도 있지 않소?"

"무기와 탄약도 저렴하게 공급해 주겠다. 또 필요한 경우 우리 병사가 너흴 돕게 될 거다."

"우리가 물건을 사려면 봉천이나 요동지역까지 오가야 하는데 그 먼 곳까지 어떻게 우릴 돕겠다는 말이오."

"그래서 두 번째 조건을 붙이는 거지. 우리 군인들이 민간인 복장을 하고 언제 어디서나 널 감시하게 될 거란 조건이지. 그들은 네가 물건값을 속여 폭리를 취하는지 조사할 거고, 행여 우리에 대해 일본군이나 청의 관청에 알리는지도 감시할 것이다. 하지만 다른 마적 집단이 너흴 도모하려 하면 그땐 너희를 도울 것이다."

"감시를 하며 돕겠다? 도대체 몇 명이나 붙일 생각이 길래……. 큰 마적 집단을 상대해야 할지도 모른단 말이오."

"그건 알 거 없다. 혹시라도 정말 감시가 붙었는지 시험해 보려면 얼마든지 해도 좋아. 하지만 그 벌은 제대로 감당해야 할걸?"

"하, 하겠소. 어차피 안 하면 난 이 자리에 죽는 거 아니겠소?"

직원은 피식 웃으며 고개를 가로 저었다.

"우리는 함부로 사람을 죽이지 않는다. 전투 중이라면 몰라도. 네가 이 자리에서 거절했으면 간도로 끌고 가 평생 강제 노역을 시켰겠지. 아마 이 자리에서 죽는 게 나았다는 생각이 들 정도로 말이야."

"아……."

직원은 은괴가 든 상자를 탁자에 두목 앞에 내밀더니 뚜껑을 열어 안을 보여 줬다.

"이건 계약금이고, 이건 물품 목록이다. 잔금은 물건을 수송해 임강까지 오면 그곳에서 계산해 주겠다."

두목 서영계는 어안이 벙벙한 표정을 짓는다. 꼼짝없이 죽는 줄로만 알았는데 돈까지 챙겨 주다니 참으로 황당한 일이다.

"행여 이 돈 갖고 튈 생각은 말아라. 그 순간 바로 큰 벌이 내릴 테니까."

주정부의 직원은 이 말이 끝나자 그제야 굳은 얼굴을 폈다.

"하하! 어떤가? 우리랑 계속 거래하다 보면 너희 마적단의 덩치도 더 불릴 수 있지 않을까? 두립삼이나 전옥본 같은 놈들과 어깨를 나란히 할 정도로 말이야."

"두립삼…… 전옥본? 허허!"

"뭐, 처음부터 그들과 싸울 생각은 하지 말고, 뇌물도 줘 가며 친하게 지내는 척 하면서 덩치를 키우란 말이다. 필요하면 우리가 도와줄 테니까."

"아!"

서영계의 표정이 달라졌다.

그가 삼백 명이나 되는 마적집단을 꾸린 것은 단지 먹고 살자고 한 일만은 아닐 것이다. 그도 나름 야망이 있기에 여기까지 왔으리라.

직원의 회유 과정을 옆에서 지켜보던 홍범도는 혀를 내둘렀다. 그는 귓속말로 이명학 중령에게 소근거렸다.

"주정부 사람들은 어째 하나같이 그리 말을 잘함메? 어르고 달래고…… 아주 능수능란하외다."

"다들 똑똑하니까요. 그보다 저 사람 말을 듣고 보니 특전대원들이 죽어 나게 생겼네요. 쟤네들 감시하랴, 마적들 쌈에 끼어들랴. 하하!"

"그 일, 우리한테 맡길 수도 있지 않겠습니까?"

"에이! 설마!"

이명학은 그런 일이 꿈에도 일어나지 않을 거라 확신했지만, 시선을 돌려 눈앞의 홍범도를 보자 급격히 얼굴이 어두워졌다.

홍범도의 표정엔 기대감이 서려 있다. 마치 먹잇감을 눈앞에 둔 맹수처럼.

"설마…… 아닐 거야. 아무리 홍 대장님을. 한다 해도…… 아니겠지? 정말 아닐 거야."

홍범도는 중대장의 급격한 감정변화에 적응하지 못한 듯 영문을 모르겠다는 표정으로 그를 바라본다.

중대장은 고개를 좌우로 거세게 흔들며 계속 같은 말만 중얼거린다.

제4장

주민 대책

이틀간의 오리엔테이션 행사가 끝나자 교육생들과 현상건 등은 수십 명씩 무리를 이뤄, 주정부 인사의 안내에 따라 화룡 시내를 둘러보고 있다.

"짐작하셨듯 중앙의 저 건물은 주정부 청사 건물입니다. 행정 업무 이외에 유민들에게 식량을 배급하거나 식사를 제공하고, 주민 교육도 시킬 목적으로 크게 짓고 있습니다. 이제 곧 완공될 겁니다."

"아하! 그래서 저렇게 컸구먼."

"그리고 좌측에 있는 건물은 간도 중앙은행이고, 그 옆은 대형 상점입니다. 간도에서 생산되는 제품을 전시하거나 판매하게 될 겁니다. 그리고 그 옆에 있는 부지는 호텔이 들어설 자리고요. 맞은편 건물은 병원 건물입니다."

본부 막사에서 1㎞ 정도 떨어진 너른 벌판에 새로운 시가지를 조성하고 있었다.

길을 넓게 뚫고 길 정면 끝엔 주정부 청사가, 양옆엔 주요 관청 건물들이 들어서고 있었다.

"화룡시는 크게 여섯 개의 구역으로 나뉘어 있습니다. 이 관청거리가 그중 하나이고, 기존 주민들이 살고 있는 구주택지, 새로 유입되는 유민들을 위해 조성한 신주택단지, 각종 연구소들이 들어서 있는 연구단지와 산업단지, 관청거리 뒤쪽 계곡의 군사 시설, 이렇게 여섯 개 구역이죠."

안내하는 직원은 일행을 구시가지에 있는 시장으로 이끌어 갔다. 주민들의 삶을 직접 확인해 보라는 의미였다.

요 몇 달 사이 시장은 엄청나게 커졌다.

한동안 한성에 가 있느라 화룡의 변화를 지켜보지 못했던 민우는 이 모습을 보고 조금 놀랐다.

"다행히 간도의 식량 보유량은 양호한 상황입니다. 점산호와 마적 마을의 재산을 몰수하면서 막대한 양의 곡식을 비축할 수 있었고, 이제 곧 수확까지 앞두고 있으니 아주 풍족하다 할 수 있겠죠."

"오오! 정말 다행이구려."

"그래서 이곳에 오는 유민들에게 식량을 약간 넉넉히 배급해 주었더니 그 잉여 식량이 시장에 나오면서 시장 거리가 급격히 커지게 된 겁니다."

화룡에 도착한 유민들 중, 아직 교육을 받지 못해 주 정부에 고용되지 못한 이들에겐 얼마 전부터 식량 배급 을 실시하고 있었다.

유민들의 수가 크게 늘어 이제 도저히 식당에서 공짜 밥을 먹일 수 없었기에 취한 조치였다.

물론 고용을 하면 배급을 끊고 급료를 지불하게 된다.

"하하! 그런 사정이 있었구려."

"원래 이곳엔 상인이 거의 없었죠. 그런데 벌이가 괜 찮아지자, 주정부에서 주는 일도 마다하고 장사를 하겠 다고 나서는 사람이 생겨나기 시작했습니다."

"그럼 부자가 된 이도 있겠구려?"

"하하! 아직 부자까지는……."

시장의 규모가 커진 만큼 더 다양한 물건들이 거래되 기 시작했다.

또, 없는 물건이 없고, 안 팔리는 물건이 없다는 소문이 퍼지자 인근 마을에서 각자 자기네 특산물을 들고 나왔다.

특히 호랑이나 표범 등의 짐승 가죽이 부쩍 늘어났다. 간도는 맹수가 바글바글하다 할 정도로 많이 서식하는 곳이다.

그러니 오래전부터 터를 잡았던 마을 주민들은 화승총으로 무장하고 있는 경우가 많았다.

마적이 설치는 것도 이 현상에 일조를 했다. 주정부에서도 화승총 정도는 눈감아 주었다. 치안데가 마을마다 배치된 상황이 아닌지라, 주민들이 스스로 마련한 자구책을 무시할 수 없기 때문이다.

물론 치안대가 배치되면 그 무기들은 모두 회수될 것이다. 거기에다 소문을 듣고 찾아온 한족과 만주족 마을의 상인들도 늘어나 시장의 물목이 더욱 풍성해진 상황이다. 물론 주정부에서 사들이는 물품의 양이 워낙 많다는 점도 시장의 성장에 한몫을 했다.

"어라? 저건 비누 아냐? 시험 생산되고 있다던데, 벌써 시장에 나왔나?"

민우의 혼잣말에 직원이 곧바로 반응했다.

"하하! 시험 생산해서 주정부에 고용된 주민들에게 써 보라고 한 장씩 배급해 주었는데 정작 쓰지는 않고 시장에 내다 팔았나 봅니다."

"아! 그래서……. 아직 저게 얼마나 귀한 줄 모르나 보네요. 지금 사치품으로 취급되고 있을 정도라던데."

"아무래도 우리 주민들이 먹고 사는 일에만 신경 쓰며 살아온 탓인지 도통 다른 문제엔 관심이 없더라고요."

"아직 인식이 덜 된 탓도 있지만, 살림에 여유가 생기면 곧 다른 문제에도 관심을 가질 겁니다. 그런데 식권이 예전보다 더 많이 통용되고 있는 것 같은데요?"

민우의 질문은 모든 일행의 관심사와 맞닿아 있었다. 다들 궁금해하던 차였다.

"화폐 발행을 앞두고 있어 더 이상 금을 급료로 지급하지 않는다 통보를 하고, 대신 임시 화폐로 식권을 지급했죠. 반발이 있을까 조금 걱정했는데, 이미 식권이 화폐 기능을 하고 있다는 걸 체득해서 그런지 별 탈이 없더라고요."

"아! 그럼 종이 화폐 체계에 금방 적응하겠네요."

"그러면 좋겠습니다. 하지만 여전히 우리 주민들에게 최고의 화폐는 쌀이죠. 식권은 보조화폐에 불과하고."

"하하하! 하기야 쉽게 변하지는 않겠죠. 뭐, 어떻습니까? 주정부와 거래할 때는 종이 화폐로 할 테니 상관없지 않겠습니까? 무작정 통화량이 늘어난다고 다 좋은 건 아니지 않습니까?"

"그렇기는 하죠. 화폐에 대한 신용만 있으면 되니까. 언제든 황금으로 바꿀 수 있는 돈표라는 거, 태환이 가능한 화폐라는 인식, 그런 신용만 유지되면 성공인 셈이죠. 급여와 조세, 조달 기능을 공용화폐로 하면 통화량도 조금씩 늘어날 겁니다."

현상건은 귀를 쫑긋 세우고 안내 직원과 고민우의 얘기를 귀담아 듣고 있었다.

"허허! 대단하시오. 고 국장 말대로 이곳 사람들은 모두가 식자들 같소. 어찌 그리 똑 부러지게 말씀들 잘하시는지."

"어휴! 과찬이십니다. 우리가 식자라고 하면 저기 연구소에 있는 분들이나 교수 분들이 배를 잡고 웃을 겁니다."

"허허! 그렇소? 그럼 고 국장도 식자는 아닌 셈이 되오?"

"현 참령님, 저도 나름 식자인데요? 그리고 앞에 있는

사람보고 대놓고 식자가 아니라고 하면 기분이 좋겠어
요?"

"허허허! 미안하오! 그간 지켜본 바, 행실이 하도 경
망스러워서. 나도 모르게 그만."

"네? 아니, 이 양반이 정말?"

민우가 소매까지 걷어 가며 대드는 시늉을 하자 준태
가 나서서 말렸다.

"어허! 이게 무슨 추태냐? 아무리 현 과장님이 입바른
소리 했기로 서니."

"야! 너까지 이러기냐?!"

"다 맞는 말이구만. 선배만 모르고 있었겠지."

윤희도 한마디 거들었다.

황당한 표정의 민우가 이번엔 최란에게 고개를 들렸다.
최란은 손가락을 꼬물거리더니 조심스럽게 말했다.

"현 과장님은 허튼말 하실 분이 아니어요."

"우씨! 믿었던 란 씨까지……."

최란의 농담 받아치는 솜씨가 날이 갈수록 늘고 있다.
이 모두가 민우 탓이다.

최란의 말이 끝나자 다들 호탕하게 웃어 댔다. 나이로
보면 현상건과 민우는 30대 초반의 같은 또래였다. 그렇

기에 언제부턴가 이렇게 스스럼없이 서로를 대하고 있었
다.

　일행은 연구소와 공장지대도 방문했다. 다들 궁금해하
던 곳이다.

　이번에 한성에서 온 이주민들 중, 연구소에서 일하기
로 이미 결정된 사람이 꽤 많았기 때문이다.

　이렇게 잔뜩 기대감을 품고 방문한 연구소.

　하지만 연구소들의 외형은 여전히 천막 상태였다. 때
에 절고 초라하게 서 있는 천막마다 나무로 깎은 간판만
이 덩그러니 걸려 있었다.

　실망한 사람들의 표정을 보자 직원은 약간 겸연쩍은지
얼굴을 붉혔다.

　"이 천막들 뒤쪽에 새로 건물을 짓고 있지만 아직 완
공이 안 된 상황이라…… 일단 들어가 보시죠. 이곳은
재료공학연구소입니다."

　천막 안은 바깥의 모습과 완전히 딴판이다. 수많은 기
계와 실험 시설들이 설치되어 있고, 흰옷을 입은 연구원
들이 자리에 앉아 연구를 진행하고 있었다. 천장엔 LED
등이 달려 있어 실내를 대낮같이 밝혀 줬다.

"오오! 실내가 참으로 밝소. 내 저렇게 밝은 전등은 처음 봅니다."

"기계들도 참으로 신기하게 생겼소. 무슨 불들이 저렇게 깜빡이는지……."

"저, 저건 영화 은막이 아니오? 은막치고는 작은데……."

각종 측정기기와 모니터들을 본 이들이 기겁을 하며 놀랐다.

하기야 연구소에 있는 물건들은 21세기 최첨단 장치들이었다. 연구소에서 쓸 시설물과 기기는 다시 생산할 날이 요원할 것이라 예상해 모두 구입해서 넘어온 상태였다.

"여기서 연구한 결과를 토대로 제품 생산 시설을 만들게 됩니다. 실험적 성격의 시설이죠. 이 시설에서 제품 생산에 성공하면 다시 규모를 키워 대량 생산 시설을 만듭니다. 우리 간도에선 이런 방식으로 공업을 육성할 계획입니다."

다음 이들이 방문한 곳은 식품공학연구소였다. 그런데 이곳에선 특별히 준비된 행사가 있었다.

"하하! 반갑습니다, 여러분. 연구소장을 맡고 있는 배영수라고 합니다. 여러분이 오신다 길래 제가 특별히 시험 생산에 성공한 음식을 대접해 드리겠습니다. 그럼 바깥으로 나가실까요?"

현상건과 민우를 비롯한 수십 명의 인원이 배 소장을 따라 다시 줄줄이 바깥으로 나왔다. 막사 바깥엔 급조한 테이블이 놓여 있었고, 테이블 위에는 어떤 음식이 담긴 그릇이 사람 수만큼 놓여 있었다.

"저, 저건! 라면? 우와! 라면이다!"

"진짜네? 이게 꿈이야, 생시야!"

"끼야호! 라면이당!"

민우 삼총사의 반응이 제일 빨랐다.

다른 이들이 이건 뭔가 싶은 표정으로 음식을 살피고 있을 때, 이들은 바로 시식을 하기 시작했다.

"캬아! 맛이 제대로인데?"

"선배~ 나 눈물 나올라 그래. 이게 얼마만이야?!"

이들을 지켜본 다른 일행들은 고개를 갸웃거리더니 젓가락을 들어 조심스레 먹어 보기 시작했다.

"흠……. 묘한 맛이로다."

"고소하기도 하고…… 그런데 조금 맵군요."

"난 맛있는데요? 그런데 면이 신기하게 생겼네요. 꼬

불꼬불한게."

사람들의 반응을 웃는 낯으로 지켜보더니 배 소장은 시험 생산된 라면 제품을 손에 들고 설명하기 시작했다.

그의 손에 들린 라면은 면과 수프가 모두 기름종이에 포장된/형태였다. 아직 비닐 제품이 생산되기 전이라 어쩔 수 없이 이 방식으로 포장하게 된 것이다.

"이 라면을 먼저 개발하게 된 이유는 군용 식량이나 빈민들의 구호에 쓸 비상 식량이 필요했기 때문입니다. 기름으로 면을 튀겼기 때문에 장기간 보관이 가능하고 운반도 용이하며……."

배 소장의 설명이 계속 이어졌다.

현상건과 이학균, 최봉준 등은 고개를 끄덕거리며 그 설명을 귀담아 듣고 있었지만 민우 삼총사는 그야말로 라면을 흡입하느라 정신이 없었다.

"이제 곧 겨울철이라, 폭설로 보급이 끊길 수도 있으니 이를 대비한 식량 보급 대책을 마련해 달라고 군부에서 요청해 와서 급히 개발하게 되었습니다."

"흠…… 괜찮겠구려. 물로 끓이기만 하면 된다니. 군에서 아주 요긴하게 쓰일 것 같소. 게다가 맛도 일품이오. 어떻게 이런 맛을 냈소?"

이학균은 군인다운 안목으로 라면에 대해 품평해 주었다.

"소금과 여러 종류의 말린 해산물을 갈아 넣었지요. 거기에 고추, 마늘, 파 등의 양념을 건조시켜 첨가했고요. 면은 밀가루와 감자 전분, 옥수수 전분 등을 섞어 사용했습니다."

"꺼억! 소장님 한 그릇 더 먹을 수 없나요?"

배영수는 민우의 반응을 충분히 예상했다.

주정부 인사들 또한 이 시식 행사에서 다들 체면 같은 거 따지지 않고 라면에 몰입하지 않았던가?

"하하! 얼마든지······."

"그런데 이거 언제부터 양산이 됩니까?"

"지금 생산 라인을 조립하고 있으니까 한 달 정도 지나면 가능할 겁니다."

"다행이네요. 이 라면이 우리 간도에 큰 도움이 될 거 같네요."

"하하! 그렇겠죠?"

최봉준도 한마디 거들었다.

"이거 연해주에 내다 팔아도 괜찮을 거 같은데요. 얼큰한 게 추운 겨울에 먹으면 제격일 것 같소."

식품공학연구소뿐만 아니라 다른 연구소에서도 수많은 시제품이 개발되고 제작을 마친 상태였다.

그중 일행들이 가장 크게 관심을 보인 것은 전동기와 엔진이었다. 기계공학연구소에서는 일차 과제로 공장에 들어갈 전동기의 개발에 힘을 쏟았다.

구리와 강철 부품 등이 대량으로 공급되기 시작하면 바로 공장을 돌려 생산에 들어갈 수 있도록 출력에 따라 부품을 규격화하는 등의 모든 준비를 마쳐 놓았다. 그리고 생산 공장도 라인 조립에 들어갔다고 한다.

전동기가 보급되지 않으면 결국 간도의 모든 공장은 수공업 수준에 머물게 되기 때문에 일차적으로 전동기 생산을 서두르게 된 것이다.

엔진도 마찬가지였다. 이 시대에 흔한 증기기관은 이미 건너뛰기로 결정했기에 디젤과 가솔린 엔진을 한창 개발하고 있었다. 그리고 엔진 생산 시점을 유전 개발과 정유소 가동 시점으로 잡았다. 짧으면 1년, 길면 2년 이상 필요할 것이다.

연구소에 이어 공장지대까지 다 둘러보고 온 사람들은 간도자유주가 가진 저력을 제대로 실감했다. 또한 저들이 입버릇처럼 말하는 시간이 필요하다는 의미도 뼈저리

게 느꼈다.

"허허! 형님. 이들이 말한 대로 충분한 시간이 주어져 계획이 하나하나 성과를 낸다면 분명 아국은 세계에서 손꼽히는 강대국이 될 것 같지 않소?"

"당연한 얘기지. 하지만 걱정이군. 탄약 생산이 늦어져 다들 노심초사한다니 말일세."

"제가 보기엔 큰 문제가 아니란 생각이 듭니다. 없으면 사다 쓰면 되니까요. 다만 저분들이 걱정하는 것은 적에 비해 압도적인 무력을 보유해야 우리 병사들의 희생을 줄일 수 있는데, 탄약의 생산이 늦어져 병사들의 희생이 늘어날까 걱정하는 거 아니겠습니까?"

"그러게 말일세. 좋은 마음가짐이지. 영화에서 봤듯 적들에게겐 지옥야차 같은 모습을 보이지만, 우리 백성에 겐 한없이 자애롭게 대하지 않나? 이 모습이야말로 내가 꿈꿔 왔던 우리 제국의 모습이야. 난 저들에게서 그 모습을 보았다네."

이학균에겐 아직도 영화를 보며 느낀 감동의 여운이 진하게 남아 있는 듯했다.

다음 날, 대한제국 출신의 지도자들과 주정부 인사들

이 한데 모인 합동 주민대책회의가 열렸다.

지난 몇 달간 진행했던 지방행정의 성과를 점검함과 아울러 영토가 늘어난 만큼 새로운 주민정책을 수립하기 위한 회의였다.

주정부에서는 함경도 관찰사인 이범윤과 그 휘하 관료들까지 불러들여 함경도 주민 문제도 함께 논의하기로 했다.

태진훈은 회의에 참석한 인사들의 면면을 확인하자 가슴이 뿌듯해졌다.

현상건, 이학균, 최재형, 최봉준, 이범윤 등, 이 시대의 위인들과 나란히 앉아 같이 의견을 나누는 모습이란⋯⋯. 상상만 했던 일이 실제로 일어난 것이다.

그는 요동치는 가슴을 진정시킨 후, 먼저 입을 열었다.

"먼저 주정부 회의에 참석해 주신 귀빈 여러분께 심심한 감사의 뜻을 전하고 싶습니다. 본격적인 회의에 앞서 먼저 알려 드릴 사안이 하나 있습니다."

태진훈은 어젯밤 현상건과 이학균, 최재형 등과 주정부에서 할 역할에 대해 깊이 있게 협의를 했고, 그 결과를 먼저 얘기해 주었다.

현상건은 내부 고문이란 직함으로 일하기로 했는데,

지방행정과 주민대책에 대해 자문을 하는 일 이외에, 행정감찰 임무도 병행하기로 했다.

아무래도 지방행정 조직을 급조해 만들다 보니 주민 출신 인사들 중에서 비리를 저지르는 자가 나타날 수도 있으므로 후대의 '감사원장'과 같은 임무를 주고, 조직까지 만들게 한 것이다.

이학균은 예상대로 육군무관학교 교장 겸 군부 고문을 담당하기로 했다.

최재형은 아직 연해주의 일도 남아 있고, 피난 온 연추 주민들을 돌보는 일이 시급하다 보니 임시로 훈춘 군수직을 맡기로 했다.

이어서 내부 주민국의 직원이 지금까지 파악한 통계 결과를 발표했다.

"이곳 북간도의 대한국인 인구는 15만 명가량 됩니다. 주정부가 수립되기 전엔 대략 10만 명 정도였는데, 이후 빠른 속도로 늘어나 몇 달 사이에 5만 명이나 유입되었습니다. 간도에 대한 소문이 퍼진 결과로 보입니다. 그리고 이번에 점령한 서간도 지역, 즉, 백산 이동 지역과 임강, 장백, 무송, 화전 지역의 한국인 인구는 2만 명 정도로 추정됩니다. 아직 점령 못한 백산과 통화, 안동 등

지엔 3만 명 이상이 거주하고 있을 겁니다. 2년 전, 청국에서 집계한 통계자료를 참조해서 말씀 드리는 겁니다만."

"그렇다면 17만 명 정도 되는 셈이오?"

이범윤의 질문에 직원은 최재형에게 시선을 돌렸다.

"아직 파악이 안 된 부분이 있습니다, 최 선생님. 훈춘에 들어와 있는 연추 주민은 몇 명 정도입니까? 제가 아직 조사 자료를 받지 못해서요."

"허허! 저 또한 집계하지 못했습니다. 일만 명은 벌써 넘었고, 지금은 이만 명 가까이 될 거요. 아직도 계속 피난 오고 있다 하니 계속 더 늘어나겠지요."

"음……. 그럼 모두 합해 20만 명 정도 되는 셈이로군요."

"그럼, 한족과 만주족 인구는 얼마나 되는 게요?"

"왕청군과 그 이북의 영안 및 목단강 지구의 주민은 대부분 만주족들입니다."

간도를 포함한 만주지역에 거주하던 만주족들은 청나라 황실이 중원에 들어갈 때, 따라가지 않고 남은 자들이거나, 청나라를 세운 여진족과 다른 부류의 여진족들, 북방에서 내려온 소수 부족들로 구성되어 있다.

주정부에서는 편의상 한족이 아닌 이들을 통칭해 만주 족이라 부르고 있었다.

"아직 인구수가 파악되지 않았지만 그리 많지 않을 겁 니다. 이만에서 삼만 명 정도로 추산하고 있습니다. 한족 또한 북간도 지역에 아직 많이 들어오지 않은 상황입니 다. 주로 명월과 송강진군에 많고 전체적으로 보면 삼만 명 정도로 추산됩니다. 이번에 점령한 돈화와 액목 지역, 서간도 지역 역시 아직 파악이 안 된 상황입니다만, 이곳 엔 상당히 많은 한족이 거주하고 있을 겁니다."

한족이 만주에 유입되기 시작한 지 오래되지 않은 시 점이라, 생각보다 많지는 않았다.

특히 간도 지방에는 한족의 인구가 비교적 적은 편이 었다.

당시 인구통계를 봐도 한국인 대 한족의 비율은 9:1 혹은 8:2 정도였다.

직원은 인구 현황 이외에 새로운 영토에 대한 행정구 역 확정안도 발표했다.

서간도 지역은 장백군과 임강군, 무송군, 백산군—백 산 지구 중에서 동쪽 지역—으로 나눠 호칭하기로 했고, 서북 지역은 화전군과 액목군, 돈화군으로, 북쪽 목단강

지역은 목단강군과 영안군, 동령군 등으로 나눠 지방행정기구를 조직하기로 했다.

물론 새 점령 지역 중 서간도 이외에 다른 지역은 모든 마을의 점령과 마적 토벌 절차를 마친 후, 내년 봄부터 지방행정을 실시하기로 했다.

"또한 기존 영토 내 만주족과 한족 마을의 경우, 촌장과 접촉해 주정부의 방침을 모두 전달했고, 우리의 통치를 따를 것을 약속 받은 상황입니다. 저들도 점산호들에게 피해를 당하기는 마찬가지인지라, 점산호를 처벌하고 빼앗긴 땅을 되찾아 주니 무척 고마워했습니다. 그들과 대화해 보니 공통적인 요구 조건이 있었습니다. 차별대우를 하지 말아 달라, 마적들로부터 안전하게 지켜 달라, 너무 무거운 세금을 받지 말아 달라, 자발적으로 토지대장을 만들어 주정부에 등록할 테니 현재의 토지 소유권을 인정해 달라…… 이런 것들이죠. 그래서 당연히 받아 주었고 세금을 내년부터 소출의 일 할만 받겠다니까 무척 놀라더군요. 하하! 그리고 마을의 젊은이 몇 명을 뽑아 각 군청에 직원으로 보내기로 합의했습니다. 이들은 군청에서 한국어 교육도 받고 간도의 정책도 숙지해 각 마을에 전달하는 역할을 하게 될 겁니다."

"허허! 좋은 계획이오. 그 젊은이들을 잘 회유하면 이 민족에 대한 통치도 한결 수월할 것 같소."

남의 나라에서 살아 본 경험이 있는 최재형은 이 문제에 관심이 가는 모양이었다.

주민국 직원의 브리핑이 끝나자 의제 협의 단계로 넘어갔다.

첫 번째 의제는 유민의 정착 문제였다.

유민은 아직도 남쪽에서 꾸준히 유입되고 있었다. 보통 추수기엔 움직이지 않는데, 일본군과 친일파 관료들에게 집과 토지를 빼앗긴 주민들이 겨울을 날 식량만 소지한 채, 간도행을 선택했던 것이다.

일제가 대한제국의 내정을 장악하면서 지방의 군수들을 친일파 인사들로 바꾸고 있었는데, 이들의 분탕질이 극심했던 모양이다.

"이범윤 관찰사님. 현재 함경도에 소작농들이 꽤 많지 않습니까?"

"타 지역보다 많지는 않소. 함경도엔 넓은 농지가 없다 보니 대지주가 거의 없소. 또 빈농과 화전민들이 많은 편이라오."

"그럼 화전민부터 시작해서 끼니도 해결하기 힘들어

하는 빈농들을 간도로 보내 주시지 않겠습니까? 여긴 빈 땅이 너무 많습니다."

"당연히 그래야 할 일이오. 내가 먼저 이 얘길 꺼내려 했소만. 그럼 어느 지역에 정착시킬 생각이시오."

"일단 훈춘군의 훈춘강 유역은 제외입니다. 여긴 연추 주민들이 정착할 곳이라, 왕청군과 송강진군, 명월군이 후보 지역이 될 겁니다."

"좋소. 그리 되면 함경도 사람들도 더 넓은 땅을 갖게 되니 서로 좋은 일이 될 거 같소."

실제 역사에서 이때부터 몇 십 년간 만주지역으로 유입되는 주민들의 출신지를 살펴보면 흥미로운 점이 있었다.

서간도 지역은 평안도 사람들이, 북간도 지역은 함경도 사람들이 먼저 터를 잡다 보니 후대에 들어오는 사람들은 점점 더 북쪽으로 올라가게 된다.

최종적으로 가장 남쪽에서 온 경상도 사람들은 북쪽 흑룡강성 일대에 전라도 사람들은 그 서북쪽 지역에 자리를 잡았다. 그리고 그 중간지대엔 황해도, 경기도, 충청도 사람들 마을이 들어섰다고 하니 마치 한반도를 거꾸로 뒤집어 놓은 모양새로 출신 지역민들이 분포했다는 얘기다.

"그리고 정착촌 건설과 농지 분할 계획도 논의해야 합니다. 주정부에서 세운 기초 계획은 이렇습니다."

지금까지 실행한 주정부의 유민 정착 정책은 계획적이지 못하고 중구난방에 가까웠다.

군 주둔지 근처와 마을 사람들을 몰아낸 한족마을을 중심으로 정착을 유도하고 기존 농토를 가구 별로 거의 균등하게 나눠 주고 있었다. 하지만 치안이 안정된 영토 내에서는 더 나눠 줄 농지가 없었다. 그만큼 간도는 개발된 땅이 아니었던 것이다.

"이제부터 유민들이 받게 될 토지는 모두 미개간지가 될 겁니다. 후일 새로 확장된 영토를 정리하다 보면 새로운 농지가 나오겠지만, 그것도 그리 넓지는 않을 겁니다. 따라서 이제부터 완전히 계획적으로 마을을 만들 생각입니다. 먼저 마을 중앙에 공동 주택지를 넓게 조성해 주민들이 한곳에 모여 살게 유도할 생각입니다. 도적들과 맹수의 습격을 막기 위해서라도 이런 방식이 꼭 필요합니다. 또 마을 규모가 커지면 치안대 분견소를 설치해 대원들을 파견합니다. 농지는 공동 주택지 주변에 조성하고, 토지는 가구 구성원 수를 고려해 일정 비율로 공정하게 나눠 줍니다. 이러한 마을 단위가 바로 지방행정체계의 가장 하부단위인 '동'이라 할 수 있는데, 원 계획대로 동장은 마을 주민들 중에 투표로 뽑게 됩니다. 동장은 주민들과 협의해 면사무소에 민원을 내거나 공동사업을 제안할 수 있습니다. 마을 진입로를 만드는 일, 하천의 제방을 쌓는 일, 마을 단위 사업체를 만드는 일, 등을 예로 들 수 있습니다."

"치안대가 너무 떨어진 곳에 있으면 도적들의 습격에 대응하기 힘들 텐데 괜찮겠소?"

"그래서 가급적 초기 마을은 군 주둔지를 중심으로 건설하고, 치안대원들에게도 말을 지급해 기마대로 육성할 예정입니다. 기동력이 좋아지면 그만큼 주민 피해도 적어질 겁니다. 지금 왕청에서 만주족 유목민을 통해 계속 말을 구입하고 있습니다."

"흠……. 그러면 그 새로 개간한 농토는 언제쯤 주민들의 소유로 바뀌게 됩니까?"

현상건은 이 '동'이란 행정체제가 대단히 흥미로운 모양이다.

자연적으로 형성된 마을이 아니라 백지 상태에서 평등하게 조직된 인위적 마을이기 때문이다. 마치 유학자들이 꿈꿔 왔던 이상적 토지제도, 정전제를 보는 것 같았기 때문이다.

"아직 소유주가 없는 모든 토지는 주정부 소유로 간주하기로 했습니다. 따라서 주민들이 분배 받은 땅을 자기 소유로 만들려면 10년간 주정부를 상대로 소작을 해야 합니다."

"10년? 그럼 소작료는 어떻게 되오?"

"소출의 삼 할입니다. 여기에 공통적으로 적용되는 세금 일 할이 더 붙게 됩니다."

"삼 할이라면 상당히 저렴한 소작료라 할 수 있겠소. 그런데 10년이면 형평성에 문제가 있는 거 아니오?"

"네? 무슨 말씀이신지요?"

"내가 알기로 땅을 소유한 간도주민들 중 상당수가 이곳에 정착한 지 몇 년 되지 않았다 들었소. 그런데 그들은 먼저 왔다는 이유로 10년도 안 돼 땅을 소유한 셈이 되는 거 아니오?"

"그렇군요. 상당히 일리 있는 말씀입니다."

"어차피 간도에 땅도 많고 앞으로 더 늘어날 거 아니오? 또 듣기로 모든 주민이 농사만 짓는 게 아니라 도시에 거주하며 공장에서 일하거나, 주정부에서 관속으로 일하게 되는 이도 있을 거요. 그러니 농토 문제는 조금 더 유연하게 했으면 하오. 예를 들어 10년을 5년으로 줄인다든지…….."

"하하! 좋은 지적이십니다. 그럼 이 안건에 대해 바로 토론하도록 하겠습니다."

현상건의 의견이 받아들여지자 태진훈과 민우, 준태는 매우 흡족해하는 표정을 지었다. 한결같이 '과연 현상건이야'라는 말을 하고 있는 것 같았다.

"나도 찬성이외다."

이학균과 최재형도 찬성의 뜻을 표했다.

주정부 인사들도 다들 동의했다. 오늘 이 결정은 간도 주민들의 큰 환영을 받게 될 것이고, 이 소문이 남쪽으로 퍼지면 더 많은 유민들이 유입될 것이다.

첫 번째 의제가 마무리되자 태진훈 주지사가 다음 의제를 발표했다.

"다음 안건은 법률문제입니다. 대한제국 정부의 법률을 그대로 따라도 될 일이지만 황제폐하께서 자치법의 제정을 허락하셨으니 간도 실정에 맞는 새로운 법률 체계를 세울 필요성이 있어 이 안건을 꺼내게 되었습니다. 법부에서 토론을 진행하시지요."

태진훈의 말이 끝나자 법부의 한지영 부장이 일어서서 토의를 진행했다.

현상건 등의 대한제국 측 인사들은 여성이 고위직 관료로서 회의를 주재하는 장면을 막상 눈앞에서 목도하자 조금 어색해하는 표정을 지었다.

이미 인사를 나누긴 했어도 아직 익숙해지려면 시간이 필요한 모양이다.

하지만 한지영의 기조발표가 시작되자 이들은 입이 떡 벌어지기 시작했다. 한지영의 학식에 놀란 것이다.

"……따라서 공정으로서 정의, 영어로 번역 하면 'Justice as Fairness'인데, 이를 현실사회에 어떻게 구현하느냐, 또 이 정신을 어떻게 법체계로 만드느냐, 란 문제로 토론을 진행하고 있고, 이 결과에 따라 주 헌법의 초안을 만들고 있습니다."

한지영은 미국의 정치철학자 존 롤스(John Rawls)가 1970년대에 쓴 명저 '공정으로서의 정의'를 인용해 발표를 했다.

현상건은 한지영의 얘기에 큰 충격을 받았다. 현상건도 이 시대에 유행하고 있는 고전적 자유주의 사상을 이미 접한 바 있었는데, 그녀는 이 이론이 가진 문제점을 조목조목 짚어 내고 있었다. 또한 대안도 훌륭해 보였다.

"주 헌법이나 다른 법률보다 치안과 관련된 형법의 체계를 먼저 세워야 합니다. 다른 부분은 당장 법을 제정하지 않더라도 주정부에서 계속 규정을 만들어 가며 대체하고 있습니다. 그러나 형벌의 경우, 명확한 법률적 근거 없이 집행되면 주정부의 공정성을 의심받게 됩니다."

주정부에서는 마적이나, 청의 점산호, 일진회 밀정들에게는 이미 형벌을 집행하고 있었다.

그러나 문제는 주민들을 대상으로 한 형벌체계였다. 간도의 한국인들이라고 모두 심성이 착한 사람만 있는 것은 아니다.

이미 화룡의 시장에서 건달패들이 생겼다는 소문도 돌았다.

"그래서 형법 초안을 만들어 보았으니 참고하시기 바랍니다. 또한 재판 절차도 마련해 보았습니다. 현재 사법기관이 없는 관계로 어쩔 수 없이 면 단위에서 1차 송사를, 시와 군에서 2차, 주정부에서 3차 송사를 담당했으면 합니다. 물론 담당관들이 재판을 해야 합니다."

사실 사법부 설립 계획과 관련해 주정부는 모종의 계획을 세우고 있었지만, 지금 현 단계에서 이를 발표할 수는 없는 상황이었다.

이렇게 이런 저런 안건들이 이 회의에서 종합적으로 토론되었고, 합의안도 훌륭하게 나왔다.

태진훈은 마지막 안건을 상정했다.

"마지막은 주민들의 월동 대책 건입니다. 이곳 간도의 겨울철 날씨는 혹독합니다. 그러니 미리 준비하지 않으면 동사하는 주민들이 속출할 겁니다. 사회복지부 이수진 부장님?"

이번에도 여성 부장이었다.

"이번 동절기 대책뿐만 아니라 앞으로 유민들의 수용과 복지 문제를 해결하기 위한 방책의 하나로 군 단위마다 유민 수용소를 건설했으면 합니다. 유민들을 모두 군청 소재지로 모이게 하고 군청에서 책임지고 돌보게 하는 겁니다. 공동주택을 대량으로 지어 유민들을 집단적으로 수용하고 식량도 군청에서 배급하게 합니다. 한 가구 당, 방 한 칸 정도씩만 배정해도 될 겁니다. 그리고 봄철이 되면 모두 수용소에서 나오게 됩니다. 땅을 배정받아 농사짓기를 원하는 분들은 새 정착지로 옮겨 가면 되고, 군청이나 앞으로 지어질 공장에서 일자리를 얻은 분은 군청 주변에 집을 짓고 살게 하는 거죠. 그러면 자연스럽게 군청 소재지의 인구도 늘게 됩니다. 아울러 수용소에서 주민 교육을 효율적으로 실시할 수 있다는 장점도 있습니다."

"지금부터 짓는다고 해도 그 많은 유민들을 다 수용할 수 있겠소?"

"당연히 부족할 겁니다. 또 뒤늦게 들어 온 유민들도 있을 겁니다. 이런 분들은 기존 주민들의 협조를 받아 집마다 분산해서 수용하게 하거나 언덕배기에 굴을 파 토막이라도 짓고 겨울나기에 들어가야 할 것 같습니다. 그분들껜 죄송하지만 주정부에서도 불가항력의 문제인지라…… 다만 식량이라도 잘 배급해 주어 굶주림만큼은 책임지고 면하게 할 계획입니다. 그리고 최봉준 선생님?"

"말씀하시오."

"부탁 좀 드려도 될까요? 이번에 돌아가셔서 물품을 보내 주실 때, 러시아인들이 겨울철에 많이 입는 털가죽 코트를 있는 대로 구해 주십시오. 주민도 그렇지만 우리 군에도 공급해 주어야 합니다. 아직 의류 공장을 만들지 못해 모두 수입해 써야 할 상황입니다."

"허허! 알겠소. 내 그리하리다."

기존 주민들이나 겨울철 기후가 비슷한 함경도와 평안도 출신 주민들은 이곳에서 겨울 나는 법을 이미 체득한 사람들이다.

하지만 남쪽에서 올라온 주민들과 도래인들의 상당수는 아직 준비가 되지 못한 상황이다.

"이상으로 주민대책 회의를 마치겠습니다."

태진훈이 폐회를 선언하자 사람들은 기지개를 켜고 자리에 일어나더니 삼삼오오 모여 여담을 나누고 있었다.

"참으로 유익한 회의였소. 재미있었소이다."

이학균은 활짝 웃으며 회의에 대해 평가했다.

이에 현상건도 웃는 낯으로 말을 보탰다.

"덕분에 간도의 형편에 대해 소상히 알게 되었소."

준태가 이들의 반응에 화답해 주었다.

"하하! 감사합니다. 그리고 최봉준 선생님?"

"허허허! 오늘 날 찾는 이가 왜 이리 많은지…… 그래, 왜 불렀소?"

"다른 회의에도 참석하셔야 합니다. 탁지부에서 진행할 경제관련 회의 말이죠."

"또 회의요?"

"새로 조달할 물목도 전달받으셔야 하고, 계약금도 받

으셔야죠. 또한 회사 설립 문제도 토의한다던데요?"

"회사?"

"주정부에서 최 선생님께 투자를 할 계획이랍니다. 그래서 연해주 방면의 무역을 총괄하는 공기업을 하나 만들 생각이랍니다."

"허허! 정말 일 하나 제대로 벌이시는구려! 알겠소, 그리하리다."

"자네 아주 일복 터졌구먼."

"그러게 말이오, 형님."

옆에 있던 최재형이 최봉준의 어깨를 두드리며 끼어들었다. 함께 있던 이범윤도 무척 고무된 표정이었다.

"우리 함경도도 간도의 정책을 그대로 따라 해야겠소이다. 정책 하나하나가 아주 맘에 들더이다."

"좋은 생각입니다."

"그런데 박 국장. 주민 교육에 투입될 교사는 언제 보내 주실 거요? 지금 들어와 있는 인원만으로는 턱도 없소이다."

"죄송합니다. 아직 인력이 부족해서요. 내년 봄부터 실시하면 안 되겠습니까? 각 군청 소재지에서 시행할 수 있도록 준비해 보겠습니다."

"허허! 알겠소. 어차피 이번 겨울을 나야 제대로 돌아가겠구면."

이들의 눈은 하나같이 들떠 있다.

마치 꿈에서나 이룰 수 있으리라 생각했던 일이 눈앞에 곧 현실로 펼쳐질 것 같은 그런 기분이 드는 모양이다.

이런 동질감은 사람들의 관계도 하나로 묶고 있었다. 그래서인지 새로 간도에 들어온 이학균과 현상건은, 이범윤이나 최재형 등과 이미 격의 없는 사이가 되어 있었다.

제5장

한성의 위기

초가을의 신선한 산들바람이 문턱을 타고 넘어 들어온다.

한 여름의 맹렬했던 더위는 언제 그랬냐 싶게 물러가고, 한낮에만 그 여운을 살짝 느낄 수 있는 날씨.

가을바람이 선사하는 기분 좋은 촉각과 더불어 고소한 커피 향이 코끝을 간질였다.

"허허허! 난 이래서 대한제국이 좋다니까요. 이곳 날씨는 정말 맘에 들어요. 특히 이 즈음의 날씨란…… 습하고 무더웠던 여름날을 견딘 데 대한 보상이라 할까?"

"저도 그렇습니다. 그래서 이 나라를 떠나지 못하나

봅니다."

"허허! 떠나지 못한다? 부럽군요. 사장님은 몰라도 전 곧 떠나게 될 거 같습니다."

"아……. 요즘 그렇게 돌아가고 있다 들었습니다."

이미 한성에 포츠모스 조약 체결 소식이 파다하게 퍼졌다.

한성의 외교관들은 이제 곧 대한제국이 외교권을 잃고 일본의 보호국으로 전락하게 될 거라 떠들고 있었다.

일본 측이 적극적으로 나서 흘리고 다닌 탓도 있지만, 조약의 내용을 살펴보면 누구나 예측 가능한 일이다.

"안타까운 일입니다. 이 순수하고 아름다운 나라가 흉포한 늑대의 먹잇감으로 전락하게 된다니……."

주한 독일공사 잘데른(Konrad von Saldern)은 한숨을 내쉬며 커피 잔을 다시 입으로 가져갔다.

"그래, 간도에 다녀오셨다고요?"

"그렇습니다."

볼터 사장은 간도를 떠나 한성에 도착하자 바로 독일 공사관을 찾아왔다.

보고할 일과 부탁할 일이 많았기 때문이다.

"허허! 아주 큰일을 하셨네요. 간도의 실정에 대해 아는 이가 아무도 없는 모양이던데. 소문을 듣자 하니 일본 공사도 전혀 파악하지 못하고 있다고 합디다."

"저도 살짝 엿본 정도이지, 안에 들어가 세세히 살펴보지는 못했습니다."

"그래도 본 게 있을 테니 풀어놔 보십시오. 저도 무척 궁금했습니다."

"음. 뭐랄까? 신비하다 느꼈습니다. 마치 하늘에서 뚝 떨어진 집단 같았습니다."

"신비하다?"

"그렇습니다. 사람도 달라 보입디다. 우리가 아는 한국인들이 아니었습니다. 관료 몇 명을 만나 보았는데 키가 월등히 크고 태도도 세련되어 보였습니다. 일 처리가 합리적이며, 총명해 보였고, 군인들은 어디서도 보지 못한 그들만의 무기로 무장하고 있었습니다. 무기의 외형이 매우 정교해 보였습니다."

"오! 그들만의 무기?"

"무기뿐만이 아닙니다. 그들의 제품을 몇 개 받아 왔는데 결코 우리 독일이나 다른 서양 국가보다 품질이 떨어지지 않아 보입니다. 오히려 앞서 있다는 생각까지 들 정도였습니다."

"뭐라고요? 오히려 앞서 있다?"

"이 물건들을 한 번 보시지요."

볼터는 간도에서 받은 약병들과 비누 제품 등을 꺼내 놓았다. 아울러 자신이 스케치한 소총 그림과 받은 문서도 보여 주었다.

물건과 문서를 번갈아 들어 보며 한참 동안 세심하게 살피던 잘데른은 눈길을 다시 볼터에게 주었다. 설명해 보란 뜻이었다.

볼터는 간도의 직원이 말한 내용을 그대로 전해 주었다.

"음……. 사장님의 판단은 어떻습니까? 그들의 주장에 동의하십니까?"

"동의합니다. 상인으로서 여러 물건을 취급해 보았지만 이 약병 같은 재질은 처음 보는 것이었습니다. 또한 이 약품이야말로 매우 귀한 거라고 합니다. 반드시 독일의 대학과 병원에 보내 연구해 봐야 할 거 같습니다. 그래서 제게 추천장을 써 주셨으면 합니다. 특히 담당자, 대학과 병원 등에 보낼 추천서 말입니다."

"마땅히 그렇게 하겠소. 그 보다 그들의 군사력은 어떻게 보시오. 그들이 간도를 지켜 낼 수 있을 거 같소?"

"잘 모르겠습니다. 하지만 결코 약해 보이지 않았습니다. 병력 수도 적지 않아 보였고요. 몇 개 연대가 있다는 얘길 들었으니, 최소 일개 사단 병력 정도는 있는 거 아니겠습니까?"

"흠……. 생각해 볼 문제로군요. 사장님의 말이 사실이라면 이 동아시아 질서에 큰 변수가 될 수도 있으니."

"간도에 대한 정보는 우리 독일만 알고 있어야 한다고 그 젊은 관리가 말하더군요. 공사님의 생각은 어떻습니까?"

"하하! 당연한 일이오. 이런 귀중한 정보를 다른 나라와 나눌 이유가 전혀 없지요."

"알겠습니다. 그리고…… 제게 마우저 소총과 탄약의 수입도 의뢰하더군요."

"아니, 자신들이 개발한 소총이 있는데 왜 우리 총을?"

"간도군의 제식 소총은 워낙 정교한 부품으로 구성되기 때문에 생산량이 많지 않답니다. 군대의 규모는 빠른 속도로 커 가는 데 비해, 소총의 생산량이 못 따라가니 당분간 사용할 총이 필요하다고 했습니다. 지금도 제식 소총 이외에 일본이나, 러시아 심지어 영국이나 미제 소총도 보조 수단으로 운용하는 모양입니다. 하지만 마우저 소총의 다량 확보가 가능해지면 다른 무기는 모두 폐기하고 보조 무기로 마우저 총만 사용할 계획이랍니다."

"허허! 기분이 참 묘하군요. 우리 독일제국의 자랑이라 할 수 있는 마우저 소총을 보조 무기로 쓰겠다니…….우리 총이 비싼 편인데 지불할 능력은 있답니까?"

"걱정하지 말랍니다. 계약금도 꽤 많이 받아 왔습니다."

"그래요? 그만큼 돈도 많다는 얘기네요."

"그럴 겁니다."

"간도의 힘이 강하거나, 더 강해진다면 우리에겐 좋은 일일 겁니다. 당장 바로 옆 나라인 러시아가 골치 아파할 테고. 저들도 만주에 관심이 많은 상황인데 훼방꾼이 하나 생겼으니 말이오. 당분간 일본이란 공동의 적을 상대해야 하니 서로 가깝게 지내겠지만."

"그래서 말인데요. 제가 생각하기에…… 아무리 국제 정세가 험악하게 변해도, 간도 사람들의 정체를 속속들이 알기 전까지는 결코 대한제국과의 끈을 놓지 않았으면 합니다. 간도까지 완전히 정복되지 않는 한, 대한제국이 망한 게 아니라는 얘깁니다. 이건 합리적 판단이 아니라 제 본능이 그리 말하고 있습니다."

"본능? 하하! 그 상인으로서 본능 말이군요."

"그렇습니다."

"참으로 기이한 일이에요. 저들은 누구고 어디서 왔는
지……. 충분한 무력도 있고, 뛰어난 기술도 있다? 게다
가 지금까지 풍부하고. 뭐, 이들의 정체에 대해 짐작 가
는 거 없소?"

"한국 황실의 재산이 어마어마하다는 얘길 들은 적이
있습니다. 그 돈으로 미리 대비해 놓은 집단이 아닐까
요? 전대부터 황실의 숨겨진 패로 말이죠. 물론 저와 친
한 그 젊은 관료는 자발적으로 일어난 집단이라 강변하
던데……. 아마 그럴 리는 없을 겁니다. 한국 황제가 곤
란해질까 봐 그런 태도를 보이는 것 같습니다."

"음……. 그 말도 일리가 있긴 한데. 만주의 한구석에
서 조용히 힘을 키운 집단이라. 하기야, 이곳 한성은 일
본을 비롯한 여러 열강들의 눈치를 봐야 하니 간도에서
힘을 비축할 수밖에 없었겠지. 일단 그렇게 추론할 수밖
에 없겠네요. 그러면 그들은 우리 독일에 대해 어떤 태도
를 보이고 있습니까?"

"그 젊은 관료의 태도를 보건대, 독일에 꽤 호의를 갖

고 있는 것 같더군요. 미국이나 영국은 거의 적국으로 생
각하고 있고. 그래서 계속 교류를 하다 보면 분명 우리
독일에도 큰 이득이 될 겁니다."

"흠. 나도 한번 생각해 보리다. 문제는 무슨 근거를
갖고 황제폐하께 보고하느냐인데…… 어쨌든 그들의 물
품을 빨리 검증해 봐야겠네요. 좋은 결과가 나오면 그걸
근거로 상신해 보겠습니다."

"알겠습니다, 공사님."

"어쩌면 좋은 결과가 있을지도 모릅니다. 이 전쟁이
끝나고 나니 유럽 정세가 심상치 않게 변하고 있어요. 지
금 영국 놈들이 우리 독일을 고립시키려고 온갖 수단을
다 동원하고 있다는군요. 그래서 본국에선 프랑스 쪽의
서부와 동부의 러시아 방면, 이 양쪽에서 동시에 전투를
수행해야 하는 일이 발생할 수 있다는 전제 하에 군사적
인 대비를 하고 있지요. 그러니 가급적 우리 편을 늘려야
할 상황입니다. 물론 그들이 확실히 우리에게 도움이 된
다는 전제가 성립해야만 가능한 일일 겁니다."

잘데른은 외교관이란 자신의 신분을 떠나 대한제국이
정말 잘되길 빌었다.

언제나 따뜻하고 신의 있는 태도로 자신을 대해 준 한

국 황제 때문에도 그랬다. 아니면 이 나라에 정이 많이 들어서 그런지도 모르겠다. 그 때문인지 잘데른은 황제의 부탁도 잘 들어주었고 호의적인 보고서를 본국에 보내곤 했다.

"후우! 가련한 우리 한국 황제께서는 뭐하고 계시려나……."

잘데른은 머릿속에 떠오른 복잡한 감정을 비워 버릴 심산인지 이미 식어 버린 커피를 단숨에 들이켰다.

"왜놈들이 곧 우리의 외교권을 인수한다는 얘기가 돈다고 했습니까?"

"그렇습니다, 폐하!"

"허허…… 막상 예상하기는 했지만 현실로 닥치니 이 분노를 참을 수 없구려. 이게 다 짐이 부덕한 탓이오. 통탄할 일이로다."

야심한 시각, 황제는 오랜만에 외국인 친구 헐버트 (Homer Bezaleel Hulbert)와 자리를 함께했다.

나누는 대화 내용과 다르게 황제의 얼굴엔 살짝 미소가 감돌고 있었다. 그만큼 황제는 헐버트를 좋아했고, 그를 믿었다. 헐버트 또한 한국인보다 더 한국을 사랑하고,

한국인 신하보다 더 황제에게 충성했던 미국인으로 유명한 인물이다.

"폐하! 제가 미국에 돌아가 루스벨트에게 도움을 요청하는 게 좋지 않겠습니까?"

"다 부질없는 일이오. 미국은 이미 아국을 배신하고 일본과 밀약을 맺었다 하오."

"아니? 그런 일이 있었습니까?"

황제는 민우에게 들었던 얘기, 즉 가쓰라―태프트 밀약에 대해 설명해 주었다.

"밀약이라면 아직 공표하지 않았다는 말인데, 그걸 어떻게 아셨습니까?"

"짐의 휘하에 아주 뛰어난 신하가 있소. 그는 국제정세에 대해 아주 해박한 인물이지요."

원 역사에서 헐버트는 밀사로 임명 받아 미국에 가서 대한제국의 국권을 지키기 위한 외교 활동을 벌이게 되지만, 이제 그런 일은 일어나지 않게 되었다.

"훗날 기회가 되면 그 신하를 만나게 될 거요. 그 신하의 존재는 비밀로 해야 하기 때문에 그대를 지금 만나게 할 수가 없소. 그대 또한 왜놈들의 감시망 한가운데 있기 때문이라오."

"허허, 그건 그렇습니다."

"어쨌든 짐은 짐만이 할 수 있는 일을 해야 하오. 마침 이번에 좋은 사건도 터졌으니 시간을 조금 번 셈이랄까. 저들의 수작을 최대한 방해하고, 세계열강에 도움을 요청하는 밀사를 보내야겠지. 큰 효과는 없겠지만, 어쨌든 황제가 계속 저항하고 있다는 모습을 보여 줘야 백성들도 짐을 믿고 싸울 거 아니겠소?"

황제가 말한 사건이란 이른바 동경소요(東京騷擾)란 사건이었다.

포츠머스 강화회담의 비준 내용을 비난하며 도쿄에서 일본 우익들이 일으킨 시위 사태를 동경소요라 명명한 모양이었다.

황제도 일본 시찰을 마치고 귀국한 민영기에게 이 소식을 듣게 된다.

민우를 만나고 난 후에 황제가 벌이고 있는 일은 원 역사에서 벌인 일과 크게 다르지 않았다. 원 역사에서 황제는 국난을 타개하고자 노심초사하고, 온갖 여력을 쥐어짜 일을 벌였다.

하지만 이제 그는 더 넓은 시야로 주변을 살피며 수를 두고 있다.

지금 하고 있는 일이 다 부질없는 일일 수도 있지만 그의 말대로 백성의 지지도 얻어야 하고, 국제사회에도 일본의 한국 병탄 행보가 독단적이고 부당한 일이라는 것을 끊임없이 알려야 한다. 그래야 후일을 기약할 수 있기 때문이다.

"그래서 이용익 대감을 상해에 보내셨군요."

"그렇소. 그가 상해에서 해 줘야 할 일이 꽤 많소."

이용익은 민우를 보낸 뒤, 얼마 되지 않아 상해로 떠났다.

지난 8월 21일 인천에서 목선(木船)을 타고 떠난 것이다. 황제는 일본 공사관의 압력 때문에 그를 군부대신에서 해임하고 강원도 관찰사로 전임시킬 수밖에 없었다. 하지만 이용익은 임관을 하지 않고 여전히 한성에 머무르며 황제를 보필했다.

일본공사관은 이 때문에 황제에게 강하게 항의했다. 그가 황제에게 계속 조언해 줘서 온갖 사단이 일어나고 있다 판단했기 때문이다. 그런 이용익이 어느 날 갑자기 사라지더니 대뜸 상하이로 망명을 한 것이다.

일본 측 기록을 보면 그의 집에 있는 황실의 비밀 창고에서 일본 지폐와 마제은(馬蹄銀), 금괴 등을 합쳐

120~130만 원에 달하는 돈을 모두 가지고 떠난 것 같다는 얘기도 있었다.

또한 그와 동행한 인물에 대한 기록도 있다.

예전에 전환국에서 기사로 있었고, 주한 러시아공사관에서 이등 서기관을 지냈으며, 프랑스어도 능통한 남필우(南弼祐)란 인물과, 손자 이종호 등이 같이 떠났다고 했다.

일제 당국은 이용익의 상하이 망명 건을 보고받자 차라리 잘된 일이라며 그가 어디로 가든 막을 생각이 없었다고 한다.

다만 후환을 방지하기 위해 그가 외국에서 행하는 모든 행동은 개인 자격으로 행하는 일이라는 성명을 발표하라고 한국 정부에 압력을 넣었다.

"국서를 줘서 보냈지요. 유럽 열강들에게 전달하라고 말이오."

"허허, 그러셨군요."

"원래는 석현(石峴 : 이용익의 호)을 직접 유럽으로 보낼 생각이었는데, 생각이 달라졌소. 그는 손자와 함께 상해에 남아 모종의 임무를 수행하기로 했고, 유럽엔 민영익을 보낼 것이오. 수행원 몇 명을 붙여서 말이오."

"민 대감은 아직 국내에 있는데…… 그럼 곧 폐하의 명령을 받고 상해로 출국하겠군요."

"그렇소."

역사가 바뀌지 않았다면 이용익은 유럽으로 가서 프랑스와 독일, 러시아를 상대로 밀서를 전달하는 역할을 맡았을 것이다.

하지만 이제 민영익(閔泳翊)이 그 역할을 대신하게 되었다. 이로 인해 이용익의 수명도 연장되게 될 터였다.

역사에 나타난 그의 유럽행은 드라마틱한 일의 연속이었다. 프랑스와 독일을 거쳐 러시아 상트페테르부르크에 도착한 그는 고종 황제의 공문을 제시하고 러시아 외무대신과 수차례 회견을 했다고 한다.

하지만 러시아 체류 기간 중, 김현토(金顯土)란 이의 칼에 찔려 죽을 뻔한 일이 일어난다. 이 이용익 암살 미수 사건의 전말은 정확히 밝혀지지 않았다. 어떤 이는 김현토란 인물이 일제에 매수된 자객일 가능성이 크다고 했다. 혹은 이용익의 호주머니에 든 거액의 돈을 노린 단순 범행일 수도 있다는 얘기도 있다.

어쨌든 그는 부상을 입은 채, 연해주로 들어가 그 후 유증으로 1907년 세상을 떠나게 된다.

민영익은 후세에 평가가 엇갈리는 인물이었다.

특히 그에게 쏟아진 악평은 황현이 쓴 매천야록 덕분이었다. 그러나 여러 가지 기록이 새로 발굴되며 매천야록에 기록된 내용이 사실인지 의심을 하는 이들도 많았다. 어쨌든 민영익은 당대 최고의 척족이었던 민씨 가문에서도 영향력이 큰 인물이었다.

원래는 올해 말에 홍콩으로 망명하게 되는데, 이제는 황제의 명을 받고 유럽으로 떠나게 된 것이다.

"그럼 이용익 대감이 행할 모종의 임무라 하심은……."

"흠. 간도 사람들을 지원해 주는 일이오."

"아! 간도 사람들! 저도 간도 얘긴 들었습니다. 그럼 그렇지, 간도의 일은 당연히 폐하와 관련이 있을 것이라 예상했습니다."

"허허! 꼭 그런 것만은 아니오. 아무튼 간도는 특급비밀이니 이 정도까지만 아시고 절대 발설하시면 안 됩니다."

"알겠습니다, 폐하!"

이용익은 이 임무 이외에 아청은행에 예치된 황실 자금을 모두 인출해 비밀 창고에 보관하는 일도 맡았다.

황제 또한 러시아가 이미 패전한 상황이라 아청은행도 위험해질 것이라 판단한 모양이다. 또 황제는 그 자금의 관리를 이용익에게 맡기고, 그를 통해 간도에 지원해 주기로 결심한 것이다.

포츠머스 강화회담의 체결로 인해 한성에서 가장 바쁘게 움직이는 곳은 일본공사관이었다. 이제 한국 병탄이란 과제가 정식으로 눈앞에 등장한 셈이 되었기에 공사관 측은 발 빠르게 움직였다.

하지만 도쿄에서 일어난 소요사태와 전쟁을 수행하느라 부쩍 힘이 빠진 본국의 형편상 그리 녹록한 일은 아니다. 더구나 여전히 한국 황제가 남은 힘을 쥐어짜 사사건건 공사관의 계획을 방해하고 있는 것도 큰 문제였다.

일본공사관의 첫 번째 과제는 내각을 완전히 장악하는 일이다.

대신들도 상당수 포섭을 하고 중간간부와 하위직 관료까지 줄줄이 손을 써 놓았지만 아직 내각 전체를 장악한 상황은 아니었다.

먼저 친일파의 거두 이지용(李址鎔)과 이하영(李夏榮)을 대신으로 입각시켰는데, 이들은 황제의 불신임과 여

론의 압박으로 인해 헌병대를 동원해 신변을 보호해야
할 만큼 불안한 지위에 있었다.

그런 와중에 이용익을 정계에서 축출하고 난 이후, 이
근택(李根澤)도 입각시켜 겨우 숨을 돌렸다 싶었다.

그러자 곧바로 황제의 반격이 시작되었다.

황제는 이근택을 법부대신 직에서 바로 해임하고, 그
후임으로 보수파인 박용대란 인물을 임명했다. 황제의
측근이나 근황세력은 아니더라도 황제는 수구파 관료들
을 적절히 활용해 일본의 내각 장악 음모에 대항했던 것
이다.

비록 시대 흐름에 뒤쳐져 실무를 감당할 수 없는 인사
라도, 심지어 허수아비라도 괜찮았다. 친일파 대신의 입
각만 막을 수 있다면 누구든 데려다 앉혔다.

이에, 일본 공사관에서 하야시 공사가 주재하는 고문
회의가 급하게 열렸다.

메가다 재정고문과, 외교고문인 미국인 스티븐스, 경
무(警務) 고문 마루야마 시게토시(丸山重俊), 군부고문
노즈 시즈타케(野津鎭武), 궁내부고문 가토 마스오(加藤
增雄) 등이 모두 참석한 자리였다.

오늘 고문들이 이리 급하게 모인 것은 일본의 기대와

달리 한국 황제가 지난 8월 27일 황제파로 분류되는 한규설(韓圭卨)을 참정대신으로 임명하더니 급기야 어제, 9월 9일자로 보수파 원로들을 대거 입각시켰기 때문이었다.

쾅!

분노한 하야시가 식식거리며 탁자를 쳤다.

"다들 더 분발하셔야 합니다. 무르게 압박하니까 한황이 저리 날뛰는 거 아닙니까?!"

하야시는 대표적인 강경파 인물다웠다.

이에 스티븐스는 고개를 갸우뚱거리며 질문을 던졌다.

"우리가 한국 정부의 의견을 물을 필요도 없는데 왜 그들의 동의를 구하기 위해 힘들게 내각을 장악해야 합니까?"

"절차 문제 때문이지요. 최소한의 합법적이고 합리적 명분이 필요합니다. 그렇지 않으면 한국 국민들의 반발을 불러오거나 외국 공사들에게 반격을 당할 수 있어요."

궁내부 고문인 가토가 하야시 대신 대답해 준다. 그는 이들 고문들 중에 그나마 온건파로 분류되는 인물이다.

하야시는 가토가 못마땅한 듯 살짝 눈을 흘기더니 말을 이어갔다.

"내가 바로 궁정에 들어가 항의하겠습니다. 이번에 입각한 자들은 모두 뒷방 늙은이들로, 시무에 서툰 이들이니 해임하라고 말입니다. 말을 안 들으면 협박이라도 하겠습니다. 그러자면 우리가 먼저 대안을 만들어야 합니다. 우리 친일파 인사들 중에 누굴 입각시키는 게 좋겠습니까?"

"지금 평남관찰사로 가 있는 박제순을 당장 불러 올려야 합니다."

메가다 고문이 화답하자 하야시는 만족한 듯 고개를 끄덕거렸다.

"박제순이라면…… 좋군요. 그리된다면."

하야시는 손가락을 하나하나 꼽으며 점검하기 시작했다.

"그럼, 이지용, 권중현, 이하영, 이근택에 박제순이 가세하면…… 그래도 한 자리가 비는데, 누가 좋겠습니까?"

"이완용을 불러옵시다. 그자는 시세를 살펴 처세하는 인물이라, 시세를 거스르는 일이 없으며, 자신에게 이익이 되면 무슨 일이든 할 자입니다. 또 나름 이름이 있는 인사니 명분도 있고요."

"이완용? 그자는 대한제국의 출범과 동시에 지방관으로 좌천되었다 들었소. 지금은 한직을 전전하며 거의 정계를 은퇴한 상태로 알고 있는데요?"

"그러니 더 열심히 하지 않겠습니까, 그자의 속성상?"

"좋은 생각이오. 딱 들어맞는 인물이네요. 그럼 바로 접촉해 보시오."

하야시는 대안이 모두 완성되자 매우 만족한 모양이었다.

"이대로만 되면 이제 한국 정부의 내각은 완전히 우리 손에 들어오는 셈이니, 무슨 일이든 벌일 수 있겠지. 후후후!"

오늘 이 회의에서 거론된 인물들이야말로 가장 악질적인 친일파 인물들.

이들 가운데 소위 을사오적이 나오게 되니, 이 모두가 일본 측의 구상에 따라 진용이 갖춰진 셈이었다.

"본국의 지원도 필요합니다. 소요사태와 전쟁 후유증으로 본국의 형편이 어려운 모양이라 다소 시간을 두고 일을 처리하자는 여론이 힘을 발휘하는 모양입니다. 그러니 공사께서 귀국하셔서 설득하셔야 합니다. 지금보다 훨씬 강압적이고 강경한 방식으로 한국 병탄을 추진해야 한다고 말이죠."

"맞는 말이오. 안 그래도 이번 개각 건이 마무리되면 본국에 다녀올 생각이었소."

"무력도 준비가 돼야 하는데, 13사단이나 15사단은 언제쯤 남하한답니까?"

"후우…… 그게 가장 큰 문제요. 러시아와 국경 획정 문제가 합의되면 바로 와야 하지만, 간도의 한인 폭도들 때문에 불분명하답니다. 지금도 한창 논의 중인 모양입니다. 이번에 그들의 무력이 만만치 않다는 사실이 확인되었어요. 군부 인사들 사이에서 두 사단 모두 남아야 할지도 모른다는 얘기가 돌고 있습니다. 또, 전쟁 막바지에 러시아군과 치른 전투로 두 사단 모두 병력이 반토막 났다는 점도 고려해야 합니다. 어쨌든 한 개 사단은 러시아군과 간도 폭도를 견제하기 위해 이번에 우리 영토가 된 연추에 남아야 하고, 일 개 사단은 함경도를 방어해야 한다고……."

"참으로 큰 문제군요. 어쩌면 간도의 폭도들이야말로 우리의 가장 큰 근심거리가 될 수도 있겠네요."

"그럴 겁니다. 지금 국고가 텅 빈 상황이라 사단 별로 병력 규모를 축소하고 심지어 몇 개 사단은 해체할 계획이라던데, 한국은 도리어 병력을 더 증강해야 할 상황이 되었으니. 한국주차군 병력만으로 한국의 병탄 작업을 수행하기란 거의 불가능할 거고, 결국 일개 사단 정도가 더 증강돼야 할 텐데요. 걱정입니다."

군부 고문인 노즈 시즈타케가 상황을 명쾌하게 정리해 주고 있었다.

"그래서 시간을 갖자는 여론이 우세한 겁니다. 지금 급하게 한국 병탄을 시도하다 국가 재정의 파산 사태가 벌어지면 어떻게 하냐고. 급하게 먹으면 체하는 법이니, 우리의 체력을 회복해 가며 차근차근 진행하자는 얘기가 설득력을 얻고 있죠. 솔직히 이 논리를 반박하기가 쉽지 않을 겁니다. 내가 귀국해 설득한다고 해도 대세가 바뀌지 않을 거 같아 걱정입니다. 게다가 포츠머스 조약 이후에 진행해야 할 후속 조치에도 힘을 쏟아야 한답니다. 이번에 러시아로부터 받아 낸 남만주 지역의 이권 문제도 청의 허락이란 전제가 붙어 있는 걸 잘 아실 겁니다. 청을 설득하는 일도 쉽지 않을 거라 하더군요"

간도자유주 세력이 이 시대에 미친 영향력이 이 부분에서도 단적으로 드러나고 있었다.

원 역사보다 더 많이 일본의 체력을 빼 버리는 바람에 일본은 더 큰 곤란을 겪게 된 것이다.

그렇다고 일본이 앞으로 어떻게 나올지 누구도 모를 일이었다. 다만 분명한 것은 임계점에 다다른 일본이 한 번 더 타격을 받았다는 사실이다. 그게 비록 작은 것이라도 치명적일 수 있는 것이다.

그뿐인가? 실제 역사 보다 더 많은 영토를 차지한 게 독이 될 수도 있었다. 늘어난 영토는 결국 군대를 필요로 하고, 그 군은 더 많은 재정을 갉아먹기 때문이다.

"간도에 강한 적이 있다면 한국 쪽만 문제가 되는 게 아닙니다. 이번에 할양 받은 요동반도 남쪽 지역이나 이권을 보장받은 남만주 지역을 지키기 위한 병력도 더 증강돼야 하는 거 아닙니까?"

"그저 지키지 말고, 지금 만주에 주둔하고 있는 병력을 모두 동원해 단번에 토벌하는 게 낫지 않겠습니까?"

미국인 스티븐스가 또다시 세상 물정 모르는 소리를 지껄인다.

"어허! 포츠머스 조약 내용을 모르시오? 그러면 러시아군이 철수하겠소? 본시 우리도 만주에서 모든 병력을 철수해야 맞지만, 요동반도 조차지나 철도 등의 시설물을 지키는 소수의 군대만 주둔을 허락 받은 상황이오. 외교고문 말대로 하면 다시 개전하잔 얘기가 됩니다."

"흠. 그럼 대책이 없는 거 아닙니까?"

"하지만 거기는 나름 계책이 있는 모양입디다. 이이제이 전략이죠."

"이이제이?"

"그렇소. 만주엔 간도의 적이 될 만한 집단이 많으니 그들을 돕거나 배후 조종하자는 얘기죠."

"아! 청의 관병이나 마적들?"

"그렇소. 안 그래도 청국 공사가 계속 내게 와서 따집디다. 간도는 청의 영토인데 한국 황제가 적도들을 조종해 땅을 빼앗았다고 말이죠. 왜 견제하지 않냐며 뭐라고 그럽디다."

"그래서 뭐라 하셨습니까?"

"모르는 일이다 그랬죠. 그리고 넌지시 이런 얘기도 했습니다. 간도가 왜 청의 영토냐고? 한국과 청국 간에 논쟁이 아직 끝나지 않은 걸로 알고 있다고 말이죠."

"허허! 잘하셨습니다. 간도가 한국령으로 남아 있어야 우리가 한국을 병탄했을 때, 그 땅도 우리 땅으로 들어오는 거 아니겠습니까?"

"뭐, 그게 어찌 내 생각이겠습니까? 정부 방침대로 따른 거죠."

이들은 지금 벌써부터 입맛을 쩝쩝 다시고 있었다.

전쟁이 끝나자 일본 관료들 사이에 '대륙국가론'이란 담론이 유행하고 있었다.

일본은 이제 섬나라가 아닌 대륙국가가 되어야 한다. 그러자면 한국과 만주 전체를 장악해야 한다.

이 담론에 따르면 간도를 청에게 넘기면 안 된다.

간도야말로 러시아를 견제하고 만주를 먹어 치울 발판이 되는 중요한 땅이기 때문이다. 실제로 이번 전쟁이 종료된 후, 일본 전체에서 간도에 대한 관심이 급격히 높아졌다고 한다. 물론 실제 역사는 다르게 흘러가 소위 '간도협약'을 맺어 간도를 청에게 넘기는 일이 일어난다.

모든 일이 일본의 구상대로 전개되지 않았던 것이다. 이는 이번 전쟁의 피해가 컸다는 반증이기도 했다.

제6장

상공업 대책

주정부에서 유민관련 대책을 정비한 후에도 유민들은 끊임없이 몰려들고 있었다.

이미 평안도와 함경도 일원에 간도에 대한 소문이 널리 퍼져 있었는데, 그 소문의 내용을 취합해 보니 다소 과소평가되어 있었다.

그럴 수밖에 없는 게 주민들이 일단 간도에 들어오면 다시 나갈 수 없는 상황이므로 주정부 측에서 유민을 모으기 위해 인위적으로 퍼트린 소문만 돌 수밖에 없었다.

소문의 내용 중, 민중들의 관심사를 자극한 것은 당연히 먹고 사는 문제에 대한 것이었다.

"간도에 가면 먹여 주고, 재워 주니, 걱정하지 말고 봇짐 싸서 떠나라는 얘기를 듣고 왔다던데?"

"맞는 말인데, 뭘."

"더 많이 들어와야 할 텐데…… 지금 간도에 인구가 너무 부족해."

"거기다 보부상들도 대거 몰려들고 있대. 아예 가족까지 데리고 말이야."

"와! 그거 잘된 일이네. 안 그래도 산골을 누비고 다니며 물품을 유통해 줄 사람들이 필요했는데. 솔직히 도로 뚫고 수송 차량을 늘리기 전까지 이 문제는 대책이 전혀 없었잖아? 그러니 그들이 당분간 이 역할을 맡아 주면 좋지."

일과가 끝나자 이학균, 현상건, 최란과 더불어 민우네 삼총사들이 편하게 술자리를 가졌다. 이들은 그간 자주 어울리며 많은 이야기를 나누고 있었다.

"이러다 보부상 중에서 거상이 나오는 거 아냐?"

"선배 말대로라면 그럴 수도 있겠네, 호호!"

"보부상 조직은 꼭 잡아야 하네. 지금 중앙 조직이 유야무야된 상황이지만 지방 조직은 살아 있으니 이들과 접촉해 보게나. 이번에 간도로 들어온 이들도 이제 곧 조직을 만들 걸세."

현상건과 준태, 민우는 거의 또래나 다름없기에 어느새 서로 친구 사이가 되어 있었다. 그래서 이들보다 다소 연배가 높은 이학균은 자연스레 형이란 소리를 듣게 되었다.

처음에 현상건이 먼저 용기를 내어 이들 삼총사에게 의형제 결의를 하자 제안했다.

그런데 이를 민우가 단번에 거절했다.

참으로 민우다운 행동이었다. 당시 현상건은 민우가 저지른 결례에 얼굴이 새빨개질 정도로 무안해했는데 민우가 몇 마디 말을 덧붙이자 단번에 풀어지며 흔쾌히 그게 더 낫겠다고 동의했다 한다.

'거창하게 의형제니 뭐니 그런 거 하면 누군 형이 되고 누군 아우가 되는 거 아니냐, 난 그게 싫다, 우리 그냥 친구하자'는 얘기였다.

덕분에 준태와 민우, 현상건은 그 자리에서 친구가 된 것이다.

"그렇지. 우리도 그런 생각을 하긴 했지. 보부상은 조선 최초의 길드 조직 아닌가? 하하!"

보부상이 서양의 길드처럼 조직된 건 조선 초의 일

이다.

그만큼 오래된 조직이다. 이들은 늘 친정부적인 성향을 보였다.

몇 년 전 해산된 황국협회도 보부상 조직이다. 지금도 일진회에 맞서 싸우고 있고, 이 때문에 일제 당국은 보부상을 대대적으로 탄압하게 된다.

"그런데 자네는 언제 한성으로 가나?"

"아직 처리해야 할 일이 남아 있다 보니 조금 더 있어야 해."

민우는 그간 밀린 정보국의 일을 처리하느라 바쁘게 지내고 있었다.

더구나 새로 점령한 지역에도 요원을 파견해야 하기 때문에 군관계자와 계속 이 문제를 놓고 심도 있게 논의하고 있었다.

"마음 같아서는 당장 가고 싶지. 폐하께선 지금 왜놈들한테 몹시 시달리시고 계실 것 같은데…… 후……. 걱정이네, 빨리 가서 작은 짐이나마 덜어 드려야 할 터인데."

황제 얘기가 나오자 현상건의 얼굴이 급격히 어두워지더니 고개를 떨어뜨렸다.

이학균도 마찬가지였다.

"폐하……."

분위기가 급격히 가라앉자 민우가 분위기를 바꾸려 노력했다.

"하하, 자네도 참! 확실히 충신은 충신이군. 너무 우울해하지 말게. 곧 좋은 날이 올 테니까."

민우의 위로에도 현상건과 이학균의 표정은 쉽게 펴지지 않았다.

"그보다 이번에 한성에 가면 할 일이 꽤 많겠어. 우리 의형과 자네 가족을 빼내는 일도 해야 하고 말이야."

"아!"

가족 얘기에 두 사람의 얼굴 표정이 한결 밝아졌다.

"친척까지는 어렵고, 직계 가족만 가능할 거 같은데 괜찮겠나?"

"허허, 물론이지! 정말 고맙군. 이렇게 신경 써 줘서 말이야."

"아우님들, 정말 고맙네. 간도의 군인들이라면 당연히 성공할 걸세. 그래서 미리 고맙다는 말을 하는 것이네."

이학균은 이미 화룡훈련소에서 진행된 사격 시범 행사를 참관했다.

그는 영화에서 봤던 무기들의 실제 사격 과정을 지켜보며 매우 만족해했다. 또한 군관학교 개교에 앞서 그동안 군에서 정리해 놓은 각종 전술교리와 전투관련 보고서를 탐독하고 있는 중이었다.

현상건 또한 급조한 도서관에 들어가 독서 삼매경에 빠지거나 주정부 주민국 인사들과 토론을 벌이며 업무를 익혀 가고 있었다.

"란 씨는 힘들지 않나요? 요즘 윤희가 무척 괴롭힌다던데……."

민우는 조신한 태도로 말없이 앉아 있는 최란에게 불쑥 말을 건다.

그녀는 남자들과 더불어 술까지 마시는 것은 아직 꿈도 못 꾸는 모양이다.

"뭐야? 내가 왜 괴롭혀!"

"아, 아니에요, 괜찮습니다. 언니 덕분에 잘 배우고 있어요."

최란의 얘기에 준태가 안타까운 표정을 지으며 끼어들었다.

"최란 씨, 왜 굳이 첩보원 훈련을 받고 그래요. 다른 부서에도 할 일이 얼마나 많은데. 예를 들어 우리 학부 일도 그렇고……."

"아니옵니다. 전 폐하의 황명을 받들어 계속 고 국장님을 보필해야 하니, 더 많이 배워야 하옵니다."

"보필? 무슨 보필을 해요? 쟤는 그럴 가치가 없는 인간이네요. 남의 말도 잘 안 듣지, 지 잘난 맛에 살지."

"야! 너 정말?"

준태는 민우의 반응을 무시하고 계속 말을 이어갔다.

"그리고 란 씨 같이 여리고 어여쁜 숙녀 분이 권총 들고 발길질 하는 모습, 상상하기도 싫네요."

"우익! 뭐라고? 그럼 난 뭐야?!"

"너? 넌 지나치게 건강해서, 선머슴이라도 때려잡을 여자?"

준태가 할 말을 민우가 잽싸게 가로챈다.

매를 버는 성격, 따로 없다.

"이 인간들 정말. 야! 이제 선배고 뭐고 없어. 둘 다 나왔!"

윤희가 하얗고 앙증맞은 손으로 둘의 멱살을 잡는 시늉을 한다.

"언니야말로 정말 예뻐요. 언니가 예뻐서 두 분이 놀리는 거니까 참으세요."

"역시! 우리 동생은 보는 눈이 있어. 저 눈이 삔 인간들하고 친하게 지내지 마. 알았지?"

어느새 최란과 윤희도 친해졌는지 언니, 동생 하고 있었다.

"하하하!"

"허허허! 큭큭!"

이들과 있으면 매일 목도하는 일이기에 현상건과 이학균은 금세 폭소를 터트렸다.

"허허! 다들 생긴 건 선남선녀에, 인물도 헌앙한데, 셋이 모이기만 하면 왜 이리 달라지는지. 허허허!"

현상건은 이렇게 활짝 웃어 본 게 몇 년 만인지 몰랐다.

간도에서 만난 이 소중한 친구들.

이 사람들과 함께라면 못할 일이 없을 것 같았다.

공상부의 손영일과 탁지부의 성영길 부장, 이 두 사람은 한성양행 사람들과 최봉준을 상대로 긴밀한 논의를 하고 있었다.

손영일은 본시 산업공학을 전공한 학자다 보니, 상업 관련 정책은 성영길에게 지속적으로 자문을 구하고 있었다.

"최봉준 선생님의 러시아 회사는 지금 하시던 대로 경영을 하십시오. 러시아 국적의 회사도 필요하니까요. 그리고 간도에서 출자해 러시아 무역을 전담할 유통회사를 새로 설립할 계획인데, 그 회사의 대표자리도 겸직해 주셨으면 합니다. 선생님 회사와 이 회사 간에 거래를 하는 방식으로 일을 처리해도 괜찮고요."

"하하! 당연히 하겠습니다. 내 이번에 확실히 깨달았소. 간도의 일을 돕는 게 애국하는 길이라는 것을 말이오."

"고맙습니다, 선생님."

더구나 최봉준은 이곳에서 만난 두 명의 황제 측근 인사들과 교류하며 더욱 확고한 믿음을 갖게 된 모양이다.

장차 이곳이 대한제국의 중심이 될 것이니, 더욱 열심히 일하란 얘길 직원들에게 자주 한단다.

현상건과 이학균의 간도 행은 벌써부터 이런 긍정적인 효과를 낳았다.

"그리고, 저도 우당선생처럼 내 재산의 일부를 희사하리다. 이 회사에 말이오."

"안 그러셔도 됩니다. 우리 자금이 부족한 상황도 아니고."

"아닙니다. 나도 나라에 보탬이 되는 일을 하고 싶어서 나서는 거니 막지 말아 주시오."

"허허! 이런……."

손영일이 난처해하자 성영길이 나서서 정리해 주었다.

"알겠습니다. 그 호의를 기꺼이 받아들이겠습니다. 대신 우당선생처럼 지분의 일부를 드리겠습니다. 이것까지 거부하지는 말아 주십시오."

최봉준도 한성양행의 선례를 들어 알고 있는지라, 이 얘긴 그도 수긍하고 넘어갔다.

"회사 이름은 최 선생님께서 지어 주시는 게 좋을 거 같습니다. 간도 색깔이 드러나지 않게 러시아어로 말이죠."

"흠…… 그렇다면 프리아무르 까레이스키 상사라 이름 하면 어떻겠소?"

"연해주 한인 상사란 뜻인가요?"

"하하! 잘 아시네요."

"좋네요. 그럼 우리끼린 까레이스키 상사나 연해주 상사라고 부르면 되겠네요."

"연해주 상사라…… 이 이름이 훨씬 좋은 거 같소. 아주 맘에 들어요."

이 얘기가 끝나자 이들은 다음에 수입할 상품 품목에 대해 깊이 있게 협의했다.

품목들은 각 부서에서 올린 물품 목록을 취합해 작성한 것이다.

"그리고 한성양행 직원 분들께도 드릴 말씀이 있습니다."

한성양행 직원들도 이번에 처음으로 간도에 온 상황이다. 그러니 지금까지 경험한 것만으로도 엄청난 충격을 받은 상태였다.

"아유! 말씀 편하게 하십시오, 나으리들. 저흰 그저 일개 일꾼에 불과할 뿐이올시다."

"거참! 나으리란 말 좀 하지 마세요. 불편해서 미치겠어요."

"죄, 죄송합니다, 나으리."

"허허! 그 나으리란 말이 입에 붙어서 고치기 쉽지 않은 모양이외다."

최봉준이 제삼자 입장에서 슬쩍 거들어 주었다.

"에휴, 알겠습니다. 지금부터 제가 하는 말 명심하세요."

"예예, 나으리."

성영길은 졌다는 듯 고개를 절레절레 흔들더니 다시 말을 계속했다.

"이건 진짜 당부 드리는 얘긴데요. 이곳 간도의 형편에 대해 어떤 내용도 발설하시면 안 됩니다. 심지어 가족들에게도요. 정히 이 조건을 지키기 어려우시다면 아예 가족들을 이리로 데려오세요."

"저, 정말 그래도 됩니까?"

직원들의 얼굴엔 순식간에 화색이 돌았다.

그들도 내심 간도의 주민이 되고 싶었던 것이다.

"물론입니다. 한성양행의 진짜 주인은 우리 간도 주성부란 사실을 잊고 있었나요? 정확하게 말해 여러분도 우리 정부에 소속된 관원이란 말입니다."

"예? 우리가 관원이라고요?"

성영길이 긍정의 뜻으로 고개를 끄덕이자 직원들은 무척 기쁜지 서로 손을 부여잡으며 함박웃음을 흘렸다.

"관원이니까 그만큼의 책임도 따릅니다. 그래서 죄송한 얘긴데요. 당분간 여러분들을 우리가 감시할지도 몰라요. 한마디라도 새어 나가면 안 되니까요. 특히 술자리 같은 데서 무의식적으로 흘릴 수도 있으니 그런 사태를 미연에 방지하려고 이런 방침도 필요하다 생각했어요."

감시한다는 얘기에 최봉준과 한성양행 직원들은 몹시 놀란 모양이다.

그들도 적의 첩자들을 귀신같이 잡아내는 장면을 이미 본 적이 있기 때문에 이 얘기를 듣자 등골이 서늘해짐을 느꼈다.

주민들 중, 간도에 들어왔다 다시 나가는 이는 이들이 최초이기 때문에 필요한 조치였다.

"아, 물론 여러분을 처벌하려고 감시하는 게 아닙니다. 예방하려고 하는 거죠. 혹시 모르죠. 왜놈들에게 거액을 받고 매수되어 줄줄이 얘기하는 사람도 나올 수 있지 않겠어요?"

"헉! 그, 그럴 리가 없습니다. 우린 절대로 그럴 사람이 아닙니다. 그런 놈이 나오면 저부터 그자를 잡아 죽일 겁니다."

첩자 운운하자 직원들은 조금 분노한 모양이었다.

"죄송합니다. 제가 노파심에서 이 얘길 꺼냈네요. 그리고 이 얘긴 황제폐하의 황명이기도 합니다. 간도에 대한 비밀을 누설하지 말라는 건 말이죠. 황제폐하께서도 측근 인사 중 가장 믿을 만한 사람, 몇 분에게만 간도에 대해 알리셨고, 다른 이에게는 철저히 비밀로 하고 있습니다. 또 발설하지 말라는 엄명도 내리셨고요. 아시겠죠?"

"아, 알겠습니다. 황명까지 내린 마당에…… 목숨을 걸고 꼭 지키겠습니다."

직원들은 이제야 간도에 들어온 것이 얼마나 큰일인지 깨닫게 되었다. 조금만 잘못해도 목이 날아가는 일이었다.

"한성의 김 사장님과 우당 선생께서 추천해서 입사하신 분들이니 믿을 만한 분들일 겁니다."

성영길이 다소 위압적으로 나오자 손영일이 슬쩍 분위기를 풀어 주었다.

"좋습니다. 그러면 여러분들은 이번에 한성으로 돌아가지 마시고 여기서 관원으로서 필요한 교육을 한 달간 집중적으로 받으십시오. 이 교육도 일차 교육에 불과합니다. 앞으로 계속 돌아가며 교육을 받게 될 겁니다. 밀린 일들은 우리 직원이 한성으로 내려가 대신 처리해 드리겠습니다. 가족들에게도 알리고요. 그리고 가족들을 데려오길 원하시는 분들은 가족들의 거처를 알려 주세요. 다음번에 모두 모셔 오겠습니다."

"그리해 주신다면 정말 고맙겠습니다."

직원들은 성영길과 대화를 나누며 자신들이 일생일대의 기회를 잡았음을 점차 깨닫고 있었다.

처음엔 아무 생각 없이 상단의 일꾼으로 들어왔다 생각했는데 지금의 자신들은 이미 세상의 한복판에 들어와 있는 느낌이었다.

게다가 관원이라니.

마적두목 서영계는 부하들 수십 명을 데리고 통화 시내로 들어가 닥치는 대로 물품을 구매했다.

수레와 말을 구입한 후, 목화와 짐승가죽, 털옷 등을 사서 수레에 실었다.

주정부에서 제시한 구매 물품의 일 순위는 목화였다. 다른 물품보다 목화를 우선해서 사 모으라는 지시를 받은 것이다. 그러나 통화에서 산 목화만으로는 상당히 부족했다.

"환인에도 많지는 않을 거고, 결국 관전까지 가야 하나?"

환인(桓仁)은 통화 서쪽에 있는 마을이었고, 거기서 더 서쪽으로 가면 관전(寬甸)이 나온다.

"아니면 흥경을 거쳐 봉천으로 갈까?"

"대형! 아직 봉천은 위험합니다. 또 장학림이 버티고 있어 잘못하면…….."

서영계의 부하는 봉천 얘길 듣자 화들짝 놀라 소리쳤다.

"……그렇지?"

서영계가 선택할 수 있는 교역로는 두 방향이었다.

통화에서 서북쪽으로 흥경(興京)을 거쳐 봉천에 이르는 길과 서쪽으로 환인, 관전을 거쳐 압록강 변의 국경도시 안동에 이르는 노선이었다.

"그런데 정말 저들이 시키는 대로 할 겁니까? 우리의 형제를 죽인 원수들입니다."

"후우…… 그러게 말이다. 자존심도 상하고."

서영계는 이 말을 하면서도 시장을 오가는 사람들을 날카로운 눈초리로 훑고 있었다.

분명히 민간인 틈에 섞여 자신을 감시한다고 했으니, 그 감시자를 찾아볼 생각인 모양이다.

"대형, 이번 기회에 한번 시험해 보시죠. 저쪽에 일본군 주둔지가 있으니 한 번 그쪽으로 가 보시면 저들이 어떻게 나오는지 알 수 있지 않겠소?"

"흠, 확실히 시험해 볼 필요가 있어. 그자들이 말로만

겁박한 걸지도 모르니까."

이 말이 끝나자 이들은 곧바로 발걸음을 옮겼다.

하지만 통화 시내에도, 근처 숲 속에도 이들을 감시하는 무리가 있었다. 이들은 하나같이 민간인 복장을 하고 있다.

"어째 주변을 두리번거리는 게 꼭 우리를 찾고 있는 거 같지 않냐?"

"하하, 그러게 말입니다."

특전대 정영후 팀장의 질문에 웃으며 맞장구를 치는 김환경 상사.

그는 간도군의 첫 전투를 기록하게 만든 장본인이다.

바로 허진 일병을 구한 그 사건 말이다. 처음에 하사였던 그는, 원래 상사를 거쳐 소위가 되어야 마땅했지만, 이 사건 때문에 일 계급 진급이 지체되어 아직 상사로 남아 있는 상황이었다.

게다가 그가 속한 팀은 마적들의 뒤를 따라다니며 감시해야 하는, 이 힘든 작전을 맡게 되었다. 이 모두가 김환경 때문이다. 이미 한번 찍힌 탓에 특전대장 민정기는 어느 팀을 보내야 할지 크게 고민할 필요도 없었다.

바로 머릿속에 이 팀의 존재가 떠올랐기 때문이다.

"웃어? 야, 김환경! 웃음이 나오냐?!"

"죄, 죄송합니다."

김환경이 급격하게 주눅 든 모습을 보자, 정 팀장은 김환경의 뒤통수를 툭 쳤다.

"짜식! 농담이야. 너, 언제까지 그렇게 주눅 들어 있을래?"

"예?"

"다 잊어, 인마! 옛날 일인데."

"그래도 저 때문에 찍혀 이렇게 고생하는 거 아닙니까?"

"이런 게 뭔 고생이냐? 그냥 즐기면 되지. 또 이런 어려운 임무를 잘 수행하면 위에서도 알아주지 않겠어? 그리고 이제 전쟁이 끝났으니 우리도 봉천이나 요동 지역으로 들어가야 할 때가 되었잖냐. 조만간 여러 팀이 들어가게 될 거다."

그때, 시장에 들어가 감시하던 팀원들에게 연락이 왔다.

"야! 이동하자. 쟤들 아무래도 우릴 시험하려나 보다. 잽싸게 앞질러 가서 혼 좀 빼야겠다."

김환경은 잽싸게 망원경으로 저들의 동태를 살폈다.

"저놈들 일본군 병영 쪽으로 확실히 방향을 틀었습니다."

"그러니까 가잔 얘기야."

"네, 알겠습니다."

정 팀장을 비롯한 원거리 감시조는 빠른 걸음으로 이동하기 시작하더니 어느 지점에 이르자 자리를 잡았다.

"김환경, 저격 준비해. 소음기 다는 거 잊지 말고."

마적들은 조심스런 걸음으로 계속 주변을 살피며 길을 걸었다.

아무래도 일본군 병영은 마을에서 조금 떨어져 있다 보니 조금 인적이 드문 구간을 지나야 한다.

핑!

파팟!

갑자기 서영계의 발치 근처에 총탄이 떨어졌다.

그는 어안이 벙벙했다.

총소리는 나지 않았는데 총탄이 날아오는 소리가 들렸고, 총알이 분명 자신의 발밑을 스치고 갔다.

멍하니 생각에 잠긴 서영계를 향해 또 한 발이 날아들었다. 그제야 위험을 느낀 서영계.

"엎드려!"

그의 명령이 떨어지자 마적들은 냅다 땅바닥에 엎드렸다.

서영계도 땅바닥에 몸을 붙이고 고개만 살짝 들어 주변을 세심히 살폈다. 하지만 적의 존재는 전혀 보이지 않았다. 다행이 총탄은 더 이상 날아오지 않았다.

"하하, 짜식들! 납작 엎드린 모양새가 꼭 개구락지 같구만."

"두목 놈이 겁은 많은 모양입니다. 벌써 10분이 지나도록 미동도 안 합니다."

하지만 그 말을 하기 무섭게 마적들이 하나둘 자리에서 일어나기 시작하더니 다시 발걸음을 일본군 병역 쪽으로 옮기기 시작했다.

하지만 서영계는 조금 뒤로 쳐져 부하들 속으로 들어갔다.

"머리 쓰네? 야! 이번엔 좀 가까이 맞춰 봐라. 두목 옆에 선 놈 부상당해도 상관없으니까."

이에 김환경은 조준경을 통해 적이 걸어가는 리듬에 맞춰 가만히 총구를 움직였다. 이때다 싶은 순간 방아쇠를 살며시 당겼다.

핑!

파밧!

"억!"

서영계의 옆에서 그를 보호하던 마적이 허벅지를 붙잡고 쓰러졌고, 허벅지를 관통한 총알은 서영계의 발치 근처 땅에 그대로 박혔다.

총에 맞은 부하의 비명 소리에 놀란 마적들은 또다시 납작 엎드렸다.

서영계는 이제 확실히 깨달았다.

저들은 마음만 먹으면 자기를 죽일 수 있다는 사실을 말이다. 여기까지 생각이 미치자 다음 행동은 볼 것도 없었다.

서영계와 마적들은 몸을 뒤로 돌린 후, 살금살금 기어 도망치기 시작했다. 확실히 방향을 돌리니 총탄이 더 이상 날아오지 않았고, 마을 입구에 이르러서야 그들은 몸을 일으키더니 숙소로 냅다 뛰어갔다.

하지만 특전대원들의 응징은 이것만으로 끝나지 않았다.

잠을 자는 마적들의 숙소에 잠입한 대원들은 경계를 서던 부하들을 하나둘 잠재운 후, 두목의 방으로 들어가더니 그를 숲 속으로 납치해 왔다.

잠시 후, 특전대원들은 서영계를 다짜고짜 패기 시작했다. 입에 재갈이 물린 채, 서영계는 태어나서 처음으로 죽는 게 낫다는 생각이 들 정도로 두드려 맞았다.

여름철엔 북쪽으로 갈수록 낮이 길다.

덕분에 간도의 광공업 분야의 엔지니어들과 과학자들은 엄청난 노동량에 시달려야 했다. 8월을 넘기고 9월에 들어서니 낮의 길이가 급격히 짧아지기 시작했지만, 그렇다고 이들의 노동량이 줄어든 건 아니다.

더구나 목단강역을 통해 들어온 모든 물품이 화룡에 도착한 상황이라 이들의 일과는 더 치열해질 수밖에 없었다. 이들도 간도의 군인들만큼이나 일과 전쟁을 치르고 있는 상황이었다.

송강진의 철광은 이미 개발이 끝나 채굴을 시작한 상황이고, 천보산의 납과 아연, 알루미늄광도 마찬가지였다.

또한 훈춘의 텅스텐과 역청탄광의 개발도 꽤 진척되어 곧 채굴을 앞두고 있다. 물론 서성의 구리광산과 구리 제련 시설은 이미 가동되고 있는 상황이다.

이태인 광무부 부장은 공상부와 군부의 군사과학연구소 및 과학기술부 인사들이 모두 모인 합동회의에서 광산개발 실태와 향후 계획에 대해 브리핑을 한다.

"그러면 이차 개발 대상 광산을 적시해 보겠습니다. 먼저 무산의 철광입니다. 노천광이라 개발이 무척 용이하다는 장점이 있지만, 철의 품위가 낮다는 문제도 같이 안고 있습니다. 그래서 채굴 시설 외에 철광석의 일차 가공 시설도 같이 건설해야 할 겁니다. 다음은 훈춘 탄광입니다. 이곳 또한 거의 노천탄광이나 마찬가지입니다. 역청탄의 채굴을 목표로 급하게 개발하고 있지만, 차제에 유연탄도 채굴을 할 생각입니다. 공상부에서 다시 발표하겠지만 연길과 훈춘에 공업단지를 조성하기로 했는데, 이곳에 공급할 전기의 생산을 위해 화력발전소를 세우기로 했기 때문입니다. 그다음엔 혜산의 구리광산입니다. 지금 서성에서 구리를 생산하고 있지만 혜산에 비하면 매장량이 비교할 수 없을 정도로 적습니다. 또 혜산엔 무연탄도 매장되어 있어, 이 또한 같이 개발할 예정입니다. 마지막으로 왕청의 석회석 광산도 계획에 포함되어 있습니다."

주정부는 시간에 쫓기다 보니 대규모 생산 시설을 지

을 여력이 없었다.

모든 게 그랬다.

광산도 그렇고 발전소나 제철소, 제련소, 공장 등 모든 시설들을 소규모로 만들고 있었다. 인력의 훈련과 초기 자재를 생산하는 것이 급선무이기 때문에 어쩔 수 없는 선택이었다.

그 대신 선택한 전략이 몇 개씩 분산해서 만들자는 것이다. 현재까지 트럭 이외에 운송 수단이 없다는 점도 이런 선택을 강요했다. 그래서 일단 철, 구리, 석탄, 석회석 광산을 복수로 개발하기로 한 것이다.

제철소도 두 군데에서 조립을 시작했다.

이미 요업 공장이 가동되기 시작하며 내화 벽돌이나 각종 자재의 생산이 시작됐기 때문에 가능한 일이었다.

화룡에 들어설 제철소는 파이넥스 공법을 활용해 철을 생산하기로 했다. 파이넥스는 코크스가 필요 없고 모래 형태의 철광석으로도 강철을 만들 수 있는 첨단 공법이었다.

또 역청탄이 생산되는 훈춘엔 기존 공법을 활용한 제철소를 건설하고 있다. 이 두 제철소에서 강철을 생산하기 전까지 수입해온 물품으로 버티는 수밖에 없었다.

이태인에 이어 공상부의 손영일 부장은 에너지 문제를 꺼내 들었다. 주정부에서는 전기의 생산 또한 여러 지역으로 분산시키기로 했다.

21세기 한국처럼 몇 군데에서 대량으로 생산해 긴 송전선로를 통해 배전을 하는 정책은 아예 채택하지 않았다.

그 대신 간도와 함경도의 풍부한 수력 자원—계곡과 하천이 많고 낙차가 큰 지형적 특성이 주는 혜택—이나, 지천으로 널린 석탄 자원을 활용해 지역에서 쓰는 전기는 그 지역에서 생산해 쓰기로 한 것이다.

그러자면 증기 터빈이나 수력 터빈을 생산하는 시설도 서둘러 만들어야 한다. 이 또한 자재의 수급 문제와 연결되어 있다.

"드디어 백두산의 지열발전소가 완공되었고, 화룡까지 송전선로를 연결했습니다. 이제 합성고무가 생산되기 시작하면 서성에서 전선을 생산할 수 있을 겁니다. 연해주와 세창양행에서 들여온 전선은 산업용으로 쓰기 부적합하기 때문에 이 전선은 가정용으로 쓸 예정입니다. 일단 화룡시를 대상으로 배선을 시작할 겁니다. 그리고 훈춘의 화력발전소는 다음 달부터 건설을 시작할 예정입니다.

그리고 지열발전소 건설이 끝난 만큼, 채굴 장비를 연길과 용정으로 보내 석유 채굴 작업에 들어갈 겁니다. 물론 연길에 석유화학 플랜트의 조립도 동시에 시작합니다. 문제는 자재인데…… 자재가 확보되는 대로 늦더라도 순차적으로 건립하는 수밖에 없습니다."

"허허! 석유라…… 정말 꿈만 같은 일이군요."

"그러게 말입니다. 말만 들어도 좋네요. 그런데 언제쯤 석유가 생산됩니까?"

"죄송합니다만, 아직 요원한 일입니다. 지열발전소 건설에 대부분의 파이프 비축 분을 쓴 상황이라. 파이프 생산량에 맞춰 천천히 작업을 진행해야 할 겁니다. 아울러 석유화학 플랜트도 빨리 지을 수 있는 게 아니니까, 어쨌든 자재가 얼마나 빨리 생산되느냐에 달려 있습니다. 용접 장비도 마찬가지고요."

"용접이라…… 용접 엔지니어 양성은 잘되고 있습니까?"

주정부에서는 여러 공장이 동시에 건설되기 시작하면서 기능공 중 기계공업 관련 인력을 급히 양성하고 있었다.

용접 분야도 마찬가지였다.

용접봉을 비롯한 각종 용접 장비도 더 필요한 상황이다. 그래서 최봉준과 세창양행에 이 시대에서 활용되고 있는 용접 장비의 수입을 의뢰했다.

"급하게 서두르고 있습니다. 그들을 가르칠 엔지니어 수가 부족하다 보니 학교처럼 단체교육을 하고 있는 상황입니다. 다른 분야도 마찬가지일 겁니다."

"하긴……."

다음 과제는 공장의 건설 문제였다.

이미 수소 플랜트와 기계 부품, 목공소, 제지, 세라믹(요업), 구리제품, 시멘트, 비누, 유리 공장 등은 가동을 시작한 상황이고, 인쇄소는 기계 조립에 들어간 상태였다.

"인쇄소는 다음 달부터 가동을 시작합니다. 이 인쇄소에서 가장 먼저 지폐 발행을 시작할 겁니다. 더 늦으면 안 된다며 성영길 부장님의 성화가 대단합니다. 아울러 인쇄소 하나를 더 만들 예정이고, 이게 완공되면 각종 교재의 인쇄도 가능하게 될 겁니다."

"하하! 곧 인쇄가 가능해진다니 정말 다행이군요."

"다음 석탄화학 플랜트의 문제인데, 이 건은 문정철 재료공학연구소장님께서 진행해 주실 겁니다."

이 문제는 이 회의에서 가장 중요한 의제였다.

"약속대로 드디어 완공을 눈앞에 두었습니다."

"오! 정말입니까?"

"그렇습니다. 하지만, 너무 큰 기대는 하지 마십시오. 그야말로 초소형 플랜트입니다. 그래서 가장 필수적이고 중요한 물품들만 주문 받아 생산할 계획입니다. 어쨌든 이로 인해 화학 공업이 시작되었다는 사실이 중요합니다. 이를 통해 엔지니어 인력을 양성하고 기초 물품을 생산하면 후일 대규모 석유화학 공업도 일으킬 수 있을 겁니다. 현재 생산 가능한 물품은 기초 물질과 폭약에 침가되는 재료, 비닐, 합성고무, 플라스틱, 나일론 및 염료 등의 화학제품입니다. 이들 제품은 각 공정 별로 조립된 소규모 라인들을 통해 생산될 겁니다. 그리고 훈춘에 제이의 석탄화학 플랜트를 건설할 계획입니다. 이곳은 조금 크게 지을 겁니다."

이 자리에 자리한 과학자들과 엔지니어들은 이 시설이 얼마나 중요한지 잘 알고 있었다. 화학 공업이야말로 제이의 산업혁명의 원동력이란 말도 있다.

당장 현실적인 문제도 있다.

미래 시대에서 가져온 각종 기계류들의 부품 중 강철

소재 이외의 부품이 당장 문제였다. 타이어만 하더라도 비축 분이 떨어지면 운행을 멈추는 트럭들이 생겨나게 된다. 플라스틱 부품 류 또한 바로 생산에 착수해야 할 상황이다.

"아울러 황산과 질산, 암모니아 등 각종 화학재료 제조 시설 역시 만들고 있고, 곧 준공될 겁니다."

"흠! 그렇다면 탄약의 생산 시설도 곧 건설을 착수할 수 있겠네요."

탄약 이야기가 나오자 소찬섭 군사과학연구소장이 나서서 답변했다.

"그렇습니다. 현재 각 공정 별로 시뮬레이션을 진행하고 있습니다. 실험실에서 하는 것과 제조 시설을 만드는 건 다른 문제인지라, 그 시뮬레이션 결과를 갖고 기계공학 전문가와 더불어, 폭약 제조 시설에 대한 디자인에 들어갈 겁니다. 탄약 공장은 서성에서 조립되고 있습니다. 구리 생산이 시작된 만큼, 구리합금 제련 시설을 일차적으로 만들고, 이게 완료되면 탄약 별로 제조 라인을 조립할 겁니다. 총탄과 포탄, 유탄, 수류탄, 크레이모어 지뢰 등, 수많은 제품이 생산될 예정이지만, 총탄과 포탄 시설을 우선시할 겁니다."

"순조로운 편이군요."

"아직까지 괜찮은 편입니다만…… 근본적인 문제가 있습니다. 지금 상황에서 다른 생산 시설은 소규모로 조성한다 해도 큰 문제가 없지만, 탄약 공장만큼은 어느 정도 규모가 되어야 합니다. 대규모 전투가 시작되면 탄약은 걷잡을 수 없을 정도로 빠르게 소모될 것이기 때문에 탄약 공장을 소규모로 만드는 건 아무런 의미가 없습니다. 그래서 조금 시간이 필요한 겁니다."

"아! 그런 문제가 있군요."

"아울러 본 연구소에서는 전투기와 전함에 대한 디자인 작업도 시작했습니다."

"오! 정말입니까? 너무 이른 거 아닙니까?"

"결코 이르지 않습니다. 어차피 생산까지 수년이 필요할 겁니다. 지금부터라도 디자인에 들어가야 합니다. 어쨌든 이 일이 시작된 덕분에 해군과 공군 장교 분들이 무척 기뻐하고 있습니다."

그간 훈련소에 정훈장교로서 잠깐 얼굴이나 비추던 해군 소장 박경훈이나, 공군 소장 진도형 등은 군사과학연구소의 소찬섭 원장을 들들 볶아 대고 있었다. 뭐라도 시작하자며.

"해군과 공군 장교 분들 중, 관련 분야의 마니아들이 몇 분 있더군요. 예를 들어 공군의 김재덕 대령님 같은 분들 말이죠."

김재덕 대령은 민우에 의해 반강제적으로 합류한 인물이다.

미래 시대에, 소위 금괴 탈취 작전 때 수송기를 조종한 탓에 어쩔 수 없이 이 집단에 합류하게 된 이였다.

그는 이주 초기 당시 약간의 우울증 증세를 보였지만, 이내 이 시대에 적응하더니 나름 일거리를 찾기 시작했다.

프로펠러 전투기 개발 건은 그가 강력히 주장해서 받아들여진 케이스였다.

파일럿답게 그는 전투기 마니아였고, 이 분야에 대해 항공전문가 못지않은 상당한 지식을 갖고 있었다.

그의 지식과 미래에서 가져온 수많은 데이터들이 만나자 일이 빠르게 진척되고 있었다.

"그래서 이분들과 저희 연구원이 자주 만나 몇 가지 모델을 놓고 토의를 했습니다. 어차피 제트 엔진을 개발하거나 만들자면 상당한 시간이 필요할 테니, 역사에 등장했던 프로펠러 전투기들 중 가장 좋은 사양을 가진 전투기를 모델로 설정해 연구를 하고 있는 중입니다. 자료도 있고, 설계가 어렵지 않아서 벌써 모델 개발 작업을 하고 있습니다. 전함의 경우는 두 가지 방향으로 연구 중입니다. 우리가 조선소를 만들고 거기서 함선을 조립하자면 이 일 역시 한참 뒤에나 가능할 겁니다. 해서 이 시대의 함선을 개조해서 쓰는 방법을 우선적으로 연구하고 있습니다. 아시다시피 우린 레이더도 보유하고 있으니 개조해서 써도 충분히 경쟁력이 있습니다. 나머지 방향은 한참 앞선 전함을 직접 설계하는 일입니다. 앞으로 엔진과 연료 문제가 해결되면, 전투기나 함선의 생산도 충분히 가능해질 겁니다. 시간이 많이 필요하겠지만요."

장시간에 걸친 회의가 끝나자 민우는 한숨을 내쉬었다. 민우는 정보국의 속성 상 일의 진행 상황을 모두 체크해야 하기 때문에 간도에 온 이후 웬만한 회의는 모두 참관하고 있었다.

민우는 이 회의에 참석한 모든 엔지니어들과 과학자들을 존경 어린 시선으로 바라보고 있었다.

진짜로 저들은 전쟁을 치르고 있었다. 사람이 부족하다 보니 모두가 일인 다역으로 일을 해야 한다.

그러다 보니 소위 '수렴현상'이 진행되고 있었다.

과학자들이 너스레를 떨며 붙인 조어였는데, 각자 전공을 뛰어넘어 작업하다 보니 과학자는 엔지니어의, 엔지니어는 과학자의 영역을 넘나들게 되어 양측이 만능 인력으로 수렴되는 현상이 나타나고 있다는 얘기였다.

어찌 보면 이런 현상이 일의 진행 속도를 더 빠르게 하고 있는지도 몰랐다.

세상의 이치란 출렁거리며 순환하는 것.

삼라만상이, 시간의 법칙이 그렇다.

어둠이 깊어 갈수록 새벽이 가까워 온다. 바닥을 치면 올라갈 일만 남는 법.

간도로 이주한 한성 출신의 이주민들은 요즘 그런 감정을 공통적으로 느꼈다. 남쪽에서 짊어지고 온 무거운 패배주의란 짐을 이제 다 내려놓은 듯했다.

김교준과 유병필의 일상이 그랬다.

"휴! 내 이만큼 많은 환자를 받아 보긴 처음일세."

"환자를 받는 일이 중요한 게 아니지. 환자 보다가 만날 혼나는 게 문제지."

"하하하! 그도 좋은 일 아닌가? 덕분에 나날이 내 의술이 늘고 있는 게 느껴지네."

성격대로 김교준은 선배 의사에게 혼나는 걸 떠올렸지만, 유병필은 혼나며 늘고 있는 지식을 기꺼워한다.

"우리 선생님들…… 참으로 훌륭하지 않나? 우릴 가르쳤던 일본 교관은 아무것도 아니었어."

"그러게 말일세. 지식이나 의술, 장비도 비교가 안 되지."

간도에 자리 잡은 후, 두 사람은 잠자는 시간을 줄여가며 일과 공부를 병행하고 있었다.

간도에 갓 도착한 유민들의 상당수는 영양 상태가 좋지 않은 관계로 상당수가 병을 앓고 있었다.

이 때문에 주정부는 모든 의료 역량을 총동원했다.

기존의 서양식 병원 옆에 한의원도 세웠다. 여러 마을에 수소문해 한의사도 초빙해 왔다. 이런 상황이다 보니 병원─천막으로 만든 임시 시설물에 불과한─에 배치되자마자 두 사람 또한 바로 일손을 거들어야 했다.

의사의 수가 너무 부족했기 때문이었다.

쓰는 약과 진료 방식이 모두 다르다 보니 그들은 선배 의사들에게 계속 지적을 받고 있었다.

선배들은 말미에 자세한 가르침을 덧붙여 주었다. 그뿐인가? 일과가 끝나면 밤늦게까지 일대일로 교육을 받고 있었다.

"오길 잘했어. 급료도 늘었지, 배우는 것도 많지."

"맞는 말이네. 그 군관 말대로 간도에선 의사가 대우받고 있다는 것도 그렇고."

"우릴 행운아라고 했지, 아마?"

"하하하! 기억하고 있군."

근대화가 지상 과제로 놓인 상황에서 고종 황제의 고민은 무척이나 컸다.

빠르게 신문물을 받아들이고 부국강병을 추구해야 할 상황인데, 이 일을 담당할 인재가 부족했던 것.

그래서 신식학교를 새로 만들고, 이들처럼 2—3년 과정의 전문학교를 졸업한 인재들을 관료로 발탁하여 귀하게 썼다.

또한 1895년 반포한 교육입국조서의 이념—시세의 대국에 몽매한 자는 그 문장이 고금을 능가하더라도 하나도 쓸 데가 없다. 허명을 버리고 실용을 중시하라는 취지—대로 관료를 선발한다.

그러다 보니 황제의 최측근들 중에 명문 사대부 출신들은 그다지 많지 않았다.

명문가 출신들을 황제가 중용하지 않은 이유는 여러

가지가 있다.

이들은 무엇보다 실무 능력이 부족했다. 유교 경전에만 해박하고 유교적 질서를 중시하는 사람들에게 근대적인 행정 체계와 열린 사고를 기대하기 힘들었다.

또한 오랫동안 조선의 패권을 쥐고 나라를 썩게 만든 장본인들이었기 때문에 명문가 사람들을 믿을 수가 없었다.

가문의 이익을 우선시하는 사람들에게 어찌 나라의 일을 맡길 수 있겠는가!

실제로 중앙 명문가와 지방의 궐문세가 출신 인사들 대부분이 친일파로 변신했던 사실만 봐도 고종의 처사가 옳았음을 알 수 있다.

이렇게 과거 신하들의 배신에 치를 떨었던 황제는 믿고 맡길 만한 사람, 전문적인 근대적 지식을 보유한 사람을 출신 신분과 상관없이 발탁해 썼다.

그러다 보니 백정(길영수), 보부상(이용익), 술사(최병주, 이유인), 역관 출신들이 대신도 되고 권력도 쥐게 된다.

이런 실태에 대해 당대 지식인들은 황제에게 곱지 않은 시선을 보냈다.

악의에 찬 글을 써서 황제와 그의 측근들을 비난하는 이들도 꽤 많았다. 이들의 기준으로 볼 때, 천한 신분을 가진 이들이 갑자기 관료가 되어 고속으로 승진을 하니 좋게 보일 리가 없었다.

백성들의 시각도 크게 다르지 않았다.

조선에서 대한제국으로, 나라가 바뀌고, 시대도 바뀌었지만, 직업의 귀천과 신분에 대한 시각은 큰 변화가 없었다.

이 때문에 문과 계통의 학교보다 기술학교에 지원하는 학생들이 상대적으로 적었다.

유병필과 김교준도 이런 분위기 덕에 약간은 주눅 들어 있었다. 그래서 이곳 간도가 더욱 맘에 든다.

이곳의 관료들은 진심으로 자신들을 귀하게 대해 주고 아껴 준다. 간도 주정부의 중추를 이루고 있는 도래인들은 다들 그랬다.

이렇게 느낀 것은 이들뿐만이 아니었다.

여러 부서에 배치된 인재들 모두 비슷한 일과를 보내며 비슷한 얘기를 주고받고 있었다. 그렇게 다들 얼굴에 드리운 그늘이 조금씩 걷혀 가고 있었다.

제7장

13도 의군(十三道義軍)

갑자기 내리기 시작한 소나기가 좁은 골목길 양쪽에 옹기종기 붙어 있는 기와집 지붕들을 세차게 두드리며 밤의 정적을 깨트린다. 먹장구름이 달빛도 별빛도 서서히 집어삼키더니 기어이 굵은 빗줄기를 토해 내기 시작한 것이다.

30대 후반으로 보이는 어느 사내가 가던 길을 멈춘다. 그는 손을 내밀어 손바닥에 빗물을 가둬 보았다.

서늘하다. 아직 기온이 그리 내려가지 않았는데도 가을을 재촉하는 비답게 차갑다 느꼈다.

북촌의 골목길, 어느 집 처마에 잠시 깃들어 비를 긋

던 그는 체념하듯 빗속으로 성큼 발걸음을 옮긴다.

곧 그칠 비가 아니다. 빗줄기가 금세 그의 옷을 파고 들더니 몸을 차갑게 적신다.

며칠 전 들은 흉흉한 소문이 그의 뇌리 깊숙이 자리 잡고 그의 감정을 갉아먹고 있었다. 묵묵히 빗길을 걷던 그의 몸에서 열기가 올라온다.

반작용.

분노가 몸속의 에너지를 태우며 비가 전해 준 냉기에 저항하고 있었다.

"후우……!"

긴 한숨 끝에 올려다본 하늘. 그 무엇도 보일 리 없다.

그저 본능처럼 시선이 하늘로 향한 것이다. 하늘을 원 망하고 싶다가도 때론 그 하늘에 간절히 빌고 싶다.

저 깜깜한 하늘에…… 초점이 흐려진 눈빛이 그의 복 잡한 심사를 드러내고 있었다.

똑똑!

그는 발걸음을 멈추고 대문을 살짝 두드렸다.

그러자 기다렸다는 듯 문이 열린다. 가볍게 목례를 하 고 방 안으로 들어섰다.

방엔 건장한 체격의 낯선 젊은이 둘과 구면인 인물 두

사람이 대화를 나누고 있었다.

"어서 오십시오. 기다리고 있었습니다."

김현준(金顯峻)이었다.

그는 궁내부 주사 직위에 있었다. 황제의 최측근 인사 중 한 명으로 손꼽히던 심상훈(沈相薰)과 교분이 두터웠고, 그로 인해 황제의 총애를 받는 인물이다.

역사에 드러난 그의 행적을 살펴보면, 올해 8월 황제로부터 밀지와 3만 원의 군자금을 받고 지방으로 내려가 대대적으로 의군을 모집하는 일을 한다. 그의 활동 무대는 호남 내륙 지역(호남 좌도)과, 경상도 내륙지역(경상우도)이었다.

이 지방에서 일어난 대부분의 의병 세력을 총 지휘하는, 그런 막중한 임무를 내밀하게 수행하던 인물이었다. 그의 이런 활동은 이후로도 수년간 계속 된다.

하지만 역사가 바뀌다 보니 그는 지방에 내려가지 않았고, 이처럼 황제의 곁에서 비밀 임무를 수행하고 있었다.

그리고 얼마 전, 황제로부터 놀라운 얘기를 듣게 된다.

바로 간도에 대한 이야기였다. 이제 황제도 일이 급하게 돌아가니 믿을 만한 측근들을 하나하나 가려 비밀을 풀어놓고 있었다.

그래서 황제의 명으로 김현준은 송선춘과 간도의 군인들을 만나게 되었다. 또 오늘 이 자리에 빗길을 뚫고 그가 나타난 것도 황제의 명을 받아 김현준이 만든 일이었다.

"허허! 오랜만이옵니다."

김현준의 곁에 있던 송선춘 또한 공손하게 인사했다. 그러자 낯선 젊은이들도 덩달아 일어나 그에게 꾸벅 인사를 한다.

"다들 별래무양하셨소? 그런데 이분들은 뉘신지……."

"간도에서 온 군관들이옵니다."

"간도?"

"처음 뵙겠습니다. 간도진위대 특전대 소속의 중령 경정민입니다. 이쪽은 제 동료 진아람 중령입니다."

"간도라고?"

그는 인사도 생략한 채, 간도란 단어를 계속 되뇌고 있다.

그도 소문을 들어 알고 있었다. 간도에 강성한 의군 무리가 형성되어 왜놈의 군대와 싸우고 있단 소문 말이다.

황제가 간도에 대한 소문의 확산을 막고 있다 보니 그 실상이 제대로 공개되지는 않았지만, 이 정도는 한성의 웬만한 사람들도 알고 있었다. 요 근래 수많은 사람들이 간도를 향해 떠났다는 소식도 들었다.

생각에 잠긴 그를 김현준이 깨운다.

"김 주사님?"

"아! 미안하외다. 간도에 대해 들은 바가 있는지라, 황망한 마음에 결례를 저질렀구려. 김두성이라 하오. 저 또한 궁내부에서 주사로 있었지요."

"아!"

경정민과 진아람의 입에서 저절로 탄성이 흘러나왔다.

간도의 도래인 출신 군인들이라면 누구나 귀에 못이 박히듯 들은 이름이다. 이들이 이 시대로 넘어오기 전, 학자들은 근대사에 대한 재평가 혹은 재정립 작업을 하고, 그 결과물을 군인들에게 배포했다.

그 자료에, 김두성(金斗星, 1867년생)은 이 시대 군과 관련된 인물들 중, 홍범도, 안중근 등과 더불어 중요 인사 중 하나로 분류된 이였다.

그의 이름이 세상에 널리 알려진 것은 안중근 장군의 하얼빈 의거 때였다.

체포된 안중근은 네 상관이 누구냐는 수사관의 물음에 '김두성이다. 그가 나를 대한의군 참모중장으로 임명했다'라고 답한다.

당시 실제 기록은 다음과 같다.

— 그대는 의병이라고 말하는데 그 통할자는 누구인가?

— 팔도의 총독은 김두성(金斗星)이라 부르며 강원도 사람이지만 지금의 거처는 모른다. 그 부하에 허위, 이강년, 민긍호, 홍범도, 이범윤, 이운찬, 신돌석 등이 있지만 그중에 지금은 없는 사람도 있다.

— 그대의 직속상관은 누구인가?

— 김두성이다.

— 그대는 특파대장으로 하얼빈에 왔다고 말하나 그것은 김두성으로부터 지휘를 받았다는 것인가?

— 이번에 새삼 명령을 받은 것이 아니고 이전에 연추 부근에서 나는 김두성으로부터 청국과 노령 부근의 의병사령관으로 일하라는 명령을 받았다.

〈안중근의 자서전 — 일본 공판 관련 기록 중에서〉

일제 당국은 이 답변을 토대로 김두성에 대한 조사에 들어갔지만 그리 알아낸 것이 없었다.

이 때문에 역사학계에서는 '김두성'이 가명이고, 안중근이 가리킨 실제 인물은 당시 연해주 독립운동의 대부라 할 수 있는 '류인석' 선생이라 추론했다.

그의 존재를 가리기 위해 안중근이 엉뚱한 이름으로 둘러 댔다 생각한 것이다.

또 어떤 이는 그 당시 명성이 자자했던 수많은 의병장들을 지휘할 정도의 인물이라면 고종 황제밖에 없다는 추론을 하기도 했다.

하지만 김두성에 대한 실제 기록이 발견되며 학계는 다시 김두성 논란에 휩싸인 적이 있었다.

새로 발견된 기록을 보면 김두성은 중추원의 의관, 궁내부 내장사 수륜과 주사, 봉상사 주사란 관직을 역임했다.

또한 작년(1904년)에 있었던 한일의정서 반대 운동과 관련한 기록도 발견된다. 그때, 일제에 체포되어 모진 취조도 받았다.

하지만 그 이후 그의 행적은 묘연했다.

그가 했던 일에 비해 그의 직위가 낮았던 것은 어쩌면

황제의 배려 때문일 수도 있었다. 높은 지위로 올라갈수록 일제의 눈에 띄기 때문에 큰일을 맡길 수가 없었던 것이다.

또, 안중근은 조사를 받을 당시, 당대의 이름 난 독립운동가들에 대한 질문에 대해 대부분 모른다고 했다.

하지만 김두성만큼은 자신 있게 실명과 직위를 공개했다.

왜 그랬을까? 아직도 의견이 분분하지만, 그만큼 김두성이 세상에 알려진 인물이 아니었기에 안중근이 그랬을 거란 의견도 있었다.

이처럼 그의 존재는 철저히 베일에 가려 있었다.

그는 후일, 대한의군의 군사 행동이 실패도 돌아가자 연해주로 들어가 정재관 등과 힘을 합쳐 독립운동을 하게 된다.

그때의 행적 또한 신한민보(新韓民報)란 신문에서 찾을 수 있었다.

김두성은 인사가 끝나자마자 두 군인에게 간도의 군세에 대해 꼬치꼬치 캐어물었다.

경정민과 진아람은 공손한 태도로 그의 질문에 성심껏 답해 주었다. 김두성의 반응은 다른 이들과 다를 바가 없었다. 믿기지 않는다는 표정이 그의 얼굴에 역력히 드러났다.

"김 주사님. 폐하께서 다 검증해 보시고, 칙령도 내리신 바 있으니 이제 두 군관을 그만 괴롭히시고, 먼저 폐하의 황명을 받드시오."

"오! 황명? 죄송하외다, 경청하겠습니다."

"폐하께서는 김 주사님을 13도 의군 총대장으로 임명하신다 했소이다."

김현준은 그 말과 함께 품에서 임명장과 신표를 꺼내 김두성에게 건넸다.

김두성은 자리에서 일어나 절을 하고 임명장을 받았다.

이 당시 13도란 명칭은 사실 '전국'이라는 말과 동의어라 간주해도 무방한 단어였다.

대한제국은 전국을 13개의 도로 나누었다. 그래서 의군 조직 중 '13도 창의군' 같이 13도란 명칭이 자주 등장하게 된 것이다.

"어찌 제게 이런 영광을……."

"아실 겁니다. 아국이 어떤 상황에 처해 있는지."

"그렇소. 말 꺼내기도 싫을 지경이오."

"그러니 폐하께서는 가장 믿을 만하고, 그럴 만한 능

력이 있는 김 주사님께 이런 명을 내리신 겁니다."

포츠머스 강화회담에 대한 소식은 한성의 식자층에게
도 곧바로 알려졌고, 이에 따라 수많은 애국지사들이 동
분서주하며 회합을 하고 있었다.

그러자 이들을 정탐하던 일본 공사관도 바빠졌다. 그
래서 이 당시 한성의 요주의 인물의 움직임에 대한 기록
이 많이 남아 있었다.

이런 상황이라 김두성 또한 황제의 의도를 충분히 알
만했다.

"폐하께서는 먼저 의군의 중앙 지휘부를 구성한 다음,
13도 각지에서 동시에 의군을 일으켜 왜놈들과 싸울 생
각이십니다."

"오! 이제 제대로 싸워 볼 계획을 하신 모양이오. 이
시국이라면 마땅히 그래야 할 일이오."

황제는 러일전쟁의 종전 이전에도 군자금과 비밀명령
서를 내려 보내 의병을 일으켰지만, 이제 이를 대대적으
로 조직화할 모양이다.

"그러니 총대장께서는 먼저 강원도에 총 지휘부를 구
성하시고, 폐하께서 임명하실 각 지역의 의군 책임자들
을 잘 지휘해 주시오. 각 도별로 책임자를 세우는 일은

곧 시작될 겝니다. 폐하의 측근 인사들과 별입시들이 대거 군자금과 밀칙을 받아 지방으로 내려갔으니 조만간 움직임이 있을 거외다."

"알겠소! 내 목숨을 바쳐 이 과업을 완수해 내겠소."

"그리고……"

김현준은 이제부터 중요한 대목이라 약간 뜸을 들였다.

"간도진위대와 잘 협력하셔야 합니다. 지금 간도 병력들이 함경도까지 내려와 전선을 형성하고 있으니 산길을 통해 연락을 주고받을 수 있을 겁니다. 그래서 이 자리에 간도의 두 군관이 함께했소이다."

"허허허! 그러셨구려."

"폐하께서는 간도를 아국의 유일한 희망이라 여기십니다. 그러니 간도 세력이 힘을 키울 때까지 왜놈들의 이목을 어지럽히고 그들의 군대를 바쁘게 만들어야 합니다. 따라서 군사작전도 철저히 치고 빠지는 방식으로 해야 합니다. 정면대결을 해서 아까운 생명을 잃을 이유가 없습니다."

"그렇다면…… 우리 군은 저들의 이목을 분산시키기 위한."

"꼭 그런 건 아니지만, 그런 면도 있습니다. 송구하외다."

"허허."

김두성이 쓴웃음을 흘리자 김현준이 한마디 덧붙인다.

"너무 언짢아하지 마시오. 지금 이 상태로 저 강성한 왜놈의 군대와 맞서 봐야 이길 수 있는 상황이 아니외다. 왜놈들의 농간으로 시위대와 진위대 병력들도 움직이기 어려운 상황입니다. 무기와 자금이 부족해 13도 의군을 대규모로 조직하기에도 한계가 있습니다. 하지만 간도는 다릅니다. 지금까지 왜놈의 군대와 싸워 계속 이겼고, 큰 승리도 있었습니다. 또 빠르게 병력이 늘고 있습니다. 하지만 아직 역량이 부족해 시간이 필요하다 합니다. 잘하면 내년 봄이나 여름부터 탄약도 충분히 생산할 수 있다 했으니 그때가 되면 일본군과 건곤일척의 승부를 볼 수 있을 것이라 합니다."

"오! 그래요? 듣던 중 반가운 소식이오. 무기는 어떻소? 충분하다 합디까?"

"충분합니다. 그리고 부족하면 외국에서 사서 쓰면 됩니다."

"흠……."

김두성은 연신 턱을 매만지며 황제의 의도를 파악하느

라 애쓰고 있었다.

"그리고 13도 의군의 작전참모 겸 교관 역할을 할 이들을 간도에서 보내 줄지도 모릅니다."

김현준의 이 얘기에 김두성의 시선이 저절로 경정민에게 향했다.

"저도 이 얘긴 오늘 처음 들었습니다. 그래서 바로 간도군 사령부에 보고서를 올려 내락을 받을 예정입니다. 그런데 간도에서 이 명령을 따르지 않을 이유가 없습니다. 폐하의 황명인데 어찌 거역할 수 있겠습니까?"

"허허! 그건 그렇지. 그게 가장 큰 고민이었소. 총 한 번 잡아 보지 못한 사람들을 데리고 어찌 싸우나 걱정했소이다."

김두성은 고개를 크게 끄덕거리며 만족해했다.

"제가 한마디 덧붙여도 되겠습니까?"

이번엔 진아람이 나섰다.

"물론이외다."

"외람된 얘기지만 우리 간도의 교관들이 도착하기 전까지 어떤 군사 행동도 하지 않았으면 합니다. 귀중한 생명을 덧없이 잃는 게 싫기 때문입니다."

"흠, 무슨 말인지 알겠소만…… 교관들은 금방 도착할

것 같소?"

"어차피 군자금을 풀어 의군을 모집하고, 무기도 구하려면 시간이 필요하지 않겠습니까?"

"그렇소. 의군의 모집은 어렵지 않을 것이나 무기가 걱정이오. 시간도 꽤 필요할 거고."

"제가 예상컨대 한 달을 안 넘길 겁니다. 교관진을 구성해 각 도에 파견하기까지."

"그렇다면…… 알겠소. 내 그리하리다."

진아람은 당시 지방 각처에서 봉기한 의병세력들 모두가 어떻게 격파 당했는지 잘 알고 있기에 이런 얘길 꺼냈다.

함경도와 연해주 지역과 달리 남쪽에서 일어난 의군들은 너무나 큰 피해를 당했다. 무기와 훈련이 부족했기 때문이다.

"군영은 반드시 산속 깊은 곳에 세웠으면 합니다. 적의 눈에 띄지 않게요."

"허허, 원래 그럴 생각이었소."

"그리고 조금 있으면 우리 주정부의 정보 책임자가 올 겁니다. 그때까지 한성에 머무시다 그 사람을 만나 보시기 바랍니다. 큰 도움이 될 겁니다."

"흠…… 도움이 된다?"

민우 이야기가 나오자 송선춘이 대화에 끼어들었다.

"그 친구는 비상한 두뇌의 소유자이옵니다. 분명 좋은 전략을 제시할 것입니다. 꼭 만나 보시오."

"허허! 알겠소. 송 주사의 의견 또한 그렇다면 따르리다. 또, 그사이 폐하의 황명을 이행하기 위해 미리 만나 볼 사람도 많으니."

이제 더 이상 빗소리는 들리지 않았다.

대신 김두성의 호탕한 웃음소리와 따뜻한 대화 소리가 그 자리를 대신하고 있었다.

잠깐 간도에서 보낸 나날이 나름 여러모로 분주했지만, 휴식처럼 느껴진 시간이었다.

민우는 헬기에 오르자 다시 마음이 무거워졌다. 한성에서 할 일이 산더미 같이 쌓인 탓도 있지만 대한제국에 닥친 위기 상황 때문이다.

"후후! 고심하고, 아파하고, 분노하고, 이리 뛰고, 저리 뛰고……. 이게 내 팔자인가 보다."

민우는 한숨을 내쉬며 나직이 혼잣말을 뱉어 냈다.

"무슨 말씀이옵니까?"

"아닙니다, 그냥 혼잣말이에요. 요즘 세상 돌아가는 일을 생각하니 분노가 치밀어 올라서 말이죠."

"참으셔야 합니다. 화기를 가라앉히지 않으면 병이 됩니다."

"하하하! 고마워요, 란 씨."

헬기 안에는 정종한 중령과 몇 명의 대원들, 우경명 등도 있었다.

이도표는 블라디보스톡을 통해 배편으로 다시 상하이로 건너가기로 했다. 우경명은 탑승할 때부터 거의 까무러쳐 한구석에서 끙끙 앓고 있었다.

"다들 좋은 분 같아요, 친구분들이요."

"그래요? 뭐, 다 날 못 잡아먹어 안달하는 놈들이죠, 하하!"

"부럽사옵니다. 그런 스스럼없는 친구가 있다는 게……."

"그렇긴 하죠. 하하하!"

"그런데…… 언니는 국장님의 정혼자입니까?"

"엑! 쿨럭! 쿨럭!"

민우는 최란의 기습 공격에 놀랐는지 연신 콜록거린다.

"그런 말도 안 되는…… 누가 그런 말을 해요?"

"다들 그러던데요? 제가 보기에도 그렇고."

"아니, 이 사람들이? 남 혼삿길 막을 일 있나?"

"아니옵니까?"

"당연히 아니죠!"

민우는 손사래까지 쳐 대며 극구 부정하고 있었다.

"그럼 언니를 마음에 두지 않은 겁니까?"

"그게…… 그러니까……."

최란은 두 손을 모은 채 손가락을 꼼지락거리며 그의 말이 이어지길 기다린다.

"저…… 최란 씨? 지금 이 대화 다들 듣고 있거든요?"

"네? 아차!"

최란은 급히 고개를 돌려 다른 사람의 반응을 보았다.

헬기 조종사인 홍인호 중령을 비롯해 다들 꾸꾹거리며 간신히 웃음을 참고 있었다.

다들 헤드폰을 통해 들어온 두 사람의 대화에 열중하고 있는 모양새였다.

"아, 이런. 죄송해요."

최란은 부끄러움에 몸 둘 바를 몰라 했다.

"아하! 이제 삼각관계가 시작된 건가?"

"아니? 이 양반들이! 정 팀장님, 그런 쓸데없는 얘기할 시간이 있으면 경 팀장님한테 무전이나 치세요. 이제 거의 다 왔다고."

"큭큭! 알아 모시겠습니다, 국장님. 아니, 한윤희 씨의 정혼자 양반!"

"어휴…… 내가 미쳐."

헬기가 북한산 깊은 곳에 착륙하자 특전대원들은 주변으로 흩어져 경계에 들어갔고, 다른 이들은 기내에서 휴식을 취하며 아침이 되길 기다렸다. 경 팀장이 전해 줄 것이 있으니 헬기를 대기시키라 말했던 것이다.

이윽고, 경 팀장과 팀원들이 모습을 드러내더니 홍인호 중령에게 황제의 칙서와 자신들이 작성한 보고서 등을 건넸다.

황제의 칙서들 중 하나는 간도진위대와 선견한국분견대의 통합에 대한 건을 다루고 있었다.

함경도 관찰사인 이범윤이 황제에게 올린 상소에 대한 답장이었다. 또 다른 칙령은 바로 특전대원들의 파견 건이었다.

민우는 경정민의 설명을 듣자 가슴이 설레었다.

황제의 계획이 너무 마음에 들었던 것이다. 13도 의군을 조직해 조직적으로 일본군을 괴롭히고, 간도군 교관을 통해 그들을 훈련시킨다는 점이 그랬다. 이 자체가 전군의 통합을 위한 첫걸음이라 해도 틀린 말은 아니란 생각도 들었다.

한성에서 민우가 첫 번째로 해야 할 일은 당연히 황제를 알현하는 것이다.

깊은 밤, 황제의 처소에 스며든 민우. 황제는 아예 복도로 나와 기다리고 있었다.

"폐하, 신 고민우. 임무를 마치고 무사히 돌아왔나이다."

"오오, 어서 오라. 짐이 무척이나 기다렸도다."

공식적인 예를 곁들여 군신 간에 회포를 간단히 풀고 나자 황제는 예전처럼 스스럼없이 민우를 탁자로 이끌었다.

민우는 그간 있었던 일을 간단히 보고했다.

황제 또한 그 일보다 앞으로 나눌 얘기가 더 중요하다 생각했는지 더 이상 질문을 덧붙이지도 않았다.

"그래, 앞으로 왜놈들이 어떻게 나올 거 같은가? 소문에 따르면 아국의 외교권을 뺏을 거라던데……."

"아뢰옵기 황공하오나 그럴 것이옵니다."

"통탄할 일이로고……! 정녕 막을 방법은 없단 말인가?"

황제는 장탄식을 내뱉었다. 말린 두 손은 부들부들 떨리고 있었다.

"이제 대신 자리도 그놈들의 끄나풀들로 채워지고 있으니, 막을 방도가 없구나."

민우는 아무런 대답을 할 수가 없었다.

"그래, 짐은 어찌해야 좋겠는가?"

"놈들이 외교권을 빼앗는 일을 서두를 테지만, 당장 병합을 시도하지는 못할 것이옵니다. 그러자면 대규모의 군대를 동원해야 하는데, 이번 전쟁으로 인한 피해가 너무 커서 당장 움직이지는 못할 겁니다."

"그렇겠지. 그럼 시간은 좀 있단 말이군."

"그렇사옵니다, 폐하. 이제 조금만 더 버티면 되옵니다. 신이 간도에 돌아가 살펴보니 이번에 더 많은 영토도 얻었고, 다른 일도 계획대로 순조롭게 진행되고 있었나이다."

"오오! 새로운 영토를?"

"그렇사옵니다. 전보다 두 배 가까운 영토를 얻었나이

다."

"허허! 놀랄 일이로고."

민우는 새로 얻은 영토에 대해 소상히 고했다.

"하여 다른 준비도 필요하옵나이다. 아뢰옵기 송구하
오나 이제 폐하의 충신들 중, 이곳 한성에 있어 봐야 아
무런 역할도 할 수 없는 신하들이 있을 것이옵니다. 그러
니 이제 쓸 자와 못 쓸 자를 가리는 일을 본격적으로 시
작해야 하나이다. 충신은 모두 간도로 보내 간도 일을 돕
거나, 후일을 기약하게 하고, 왜놈에게 빌붙은 자와, 변
절한 자들, 재물을 밝혀 온갖 못된 일을 벌이는 자들은
모두 낱낱이 파악해, 훗날 크게 처벌해야 할 것이옵니
다."

"좋은 계획이로다. 어차피 관료 조직이 전부 장악 당
한 상황이라 관직에 있는 충신들은 모두 손을 놓고 앉아
있는 형국이니."

황제는 민우의 제안을 몹시 반겼다.

후일 간도를 중심으로 나라를 운영하자면 자신의 측근
들이 미리 들어가 자리를 잡고 있는 게 큰 도움이 될 터
였다.

간도 사람들이 미더운 것은 사실이다.

하지만 그건 나라를 위한다는 측면에서 그랬다. 문제는 황제 자신이었다.

그들 모두가 황제의 충성스러운 신하가 된다고 어찌 보장할 수 있겠는가? 물론 민우의 태도를 보자면 크게 걱정할 일은 아니었다.

"그렇다면 말일세. 의친왕을 간도로 빼돌릴 수 있겠는가? 겹겹이 호위들에 둘러싸인 구중궁궐도 이리 쉽게 드나들 정도의 능력이라면 할 수 있지 않겠나?"

"예?"

민우는 깜짝 놀라 황제의 용안을 바라보았다.

결례였지만 황제는 그런 민우의 태도를 개의치 않아했다. 늘 그랬듯이.

"할 수 있겠는가?"

"가능하옵니다만……."

의친왕(義親王) 이강(李堈)은 1877년생으로 황제의 다섯째 아들이었다.

어머니는 귀인 장 씨였다.

그는 얼마 전 미국 유학에서 돌아와 육군 부장과 대한적십자사 총재로 임명 받은 상태였다. 의친왕은 반일운동에 헌신한 인물.

새로 발굴된 기록을 보면, 별입시의 역할도 마다하지 않았다. 황제의 칙서를 전달하고 의병을 모으는 일에 관여한 적도 있었다.

또한 1919년에는 상하이로 망명을 하려다 도중에 붙잡히기도 했다. 일제는 의친왕의 반일적 성향을 일찌감치 파악하고 그를 꾸준히 견제하고 있던 터였다.

"그럼 부탁함세. 의친왕을 간도로 데려가 주게. 이런 부탁을 하는 이유가 있네. 짐과 황태자는 왜놈들의 엄중한 감시 때문에 몸을 움직일 수가 없네. 솔직히 짐도 당장 간도로 가서 왜놈들과 싸우고 싶네만, 지금 그럴 수 없고. 또 그래서도 안 된다는 걸 잘 알고 있다네. 내가 지금 움직이면 왜놈들은 모든 군을 총동원해 간도와 승부를 보려 하겠지. 안 그런가?"

"송구하나이다, 폐하."

황제가 간도로 망명한다는 것은 사실 수도를 옮기는 일과 같다.

황제가 있는 곳이 수도이기 때문이고, 간도는 대한제국의 영토라 대외적으로 선포했기에 그렇게 해석되는 것이다.

민우는 황제가 이미 간도 망명을 생각하고 있다는 것

을 알았다. 지금은 그 시점을 재고 있는 모양이다.

물론 간도에서 세운 마스터플랜에도 이 건이 고려되어 있다. 또 이 점에 대해 모두 합의한 일도 있다. 물론 격론이 오가기도 했다.

도래인들 중에서도 고종에 대해 오해하거나 편견을 갖고 있는 이들이 많았다.

하지만 명분이란 문제, 특히 이 시대의 특성에 대한 부가적인 설명이 따르자 모두가 동의할 수밖에 없었다. 왜놈들에 의해 대한제국이 멸망했기 때문에, 훗날 대한민국이란 새로운 나라를 세우는 일이 백성들에게 자연스럽게 받아들여졌지만, 지금은 버젓이 나라가 살아 있고 황실이 존재한다.

이 때문에 황실을 폐하고 새로운 나라를 세우는 것, 이에 대한 명분을 찾는 것은 무척이나 어려운 일이었다.

과연 어떤 명분으로 이 시대 백성들을 설득할 수 있을까?

또한 이 시대 지식인이나 애국지사들 중, 소수의 공화주의자들을 제외하고 모두 반대할 것이 뻔했다.

"또 만약의 일을 대비하자는 말이네. 행여 짐과 황태자가 왜놈들에게 흉한 꼴을 당하는 일이 일어나면 황실을 이을 사람이 필요하지 않겠나?"

"폐하! 어찌 그런……."

"아니야. 그런 일에 대비해야 하네. 세상일은 모르는 거니까. 짐은 자네를 만난 날부터 계속 이 생각을 했다네. 그래서 의친왕을 일본에 보낼 일이 있는데도 짐이 잡아 놓았던 거지. 그리고 이제 그때가 된 것 같네."

"폐하……."

황제는 조용히 민우의 대답을 기다리고 있었다. 그만큼 이 문제를 중시하고 있단 얘기였다.

"알겠사옵나이다, 폐하. 신이 돌아가 계책을 마련해 보겠습니다."

"허허! 고마운 일이로고."

"그런데 폐하, 괜찮으시겠습니까? 믿을 만한 충신들과 황족이 대거 떠나고 나면 폐하께서 더 힘들어지실까 저어되옵니다만."

"괜찮네. 어차피 짐은 별입시들을 통해 일을 하고 있으니."

민우도 현 상황을 잘 이해하는지라 말뜻을 이내 알아챘다.

"앞으로 왜놈들이 더욱 밀착해 궁을 감시할 겁니다.

그러니 왜놈들에게 매수된 궁인들을 더 철저히 가려내어 기밀이 새어 나가는 일도 막고, 또 만일의 사태에 대비해야 할 것이라 생각합니다."

"맞는 말이네. 지금도 그 일을 계속하고 있다네. 그런데 고 국장이 말하는 만일의 사태란 무엇을 말함인고?"

"간도로 천도하는 일이옵니다."

"오오…… 하하하! 천도라……. 하하! 그 천도는 아무도 모르게 하는 일이렷다?"

"그러하옵니다, 폐하."

황제는 민우의 답변에 흔쾌한 반응을 보였다.

"그래, 그 천도란 것을 하고 나면 간도 사람들이 짐을 좋아할까?"

"폐하! 신하가 되어 어찌 군주를 좋아하니 마니 할수…… 이런! 송구합니다. 제가 아직 궁중의 예절에 어둡다 보니 경망된 표현을."

"허허! 괜찮도다. 그게 고 국장의 매력이 아니던가?"

"신이 솔직히 말씀 드리겠나이다. 처음에는 분명 다른 의견을 가진 이도 있을 것이옵니다. 하지만 막상 폐하를 알현하고 같이 일을 하다 보면 모두 달라질 것이옵니다."

"그런가? 정말 그런 날이 빨리 왔으면 좋겠구나."

"분명 얼마 남지 않았습니다. 조금만 더 기다려 주시옵소서. 파천을 차근차근 준비해 놓겠나이다."

"고마우이. 필요한 게 있으면 언제든 짐에게 요청하게."

"알겠습니다, 폐하! 그리고 또 하나 중요한 안건이 있나이다. 신이 예상컨대 앞으로 왜놈들은 시위대와 진위대를 모두 해산시킬 것이옵니다."

"그렇지…… 그럴 테지."

"그러니 더 늦기 전에 밀지를 내려 주시옵소서. 13도 의군에 합류하라고."

"좋은 생각이긴 한데…… 왜놈들이 명령 계통을 모두 장악한 상황인데 어찌할 생각인가?"

"황명만 내려 주시면 어떻게든 해 보겠나이다. 치밀하게 정보를 수집해 왜놈 편에 선 지휘관과 병사들을 가려낸 다음……."

민우는 전략을 구체적으로 풀어놓기 시작했다.

"옳거니! 정말 좋은 생각일세."

황제는 무릎을 치며 민우의 진언을 반가워했다.

"짐의 참된 신하들이 대거 떠난 지금, 그대와 같은 신하가 내 곁에 있으니 얼마나 든든한지 모르겠네. 앞으로도 한성을 떠나지 말고 짐을 도와주길 바라노라."

"황공하나이다, 폐하. 신, 고민우. 끝까지 남아 견마지로를 다하겠나이다."

끝까지 남겠다는 말은 소위 파천의 그날까지 황제의 곁에 있겠다는 말과 같다.

돌아가는 형세가 위태로운 지금, 황제를 지킬 이가 절실한 상황이다.

황제도 이를 알았고, 민우도 안다.

민우가 떠난 사이, 진아람 팀장은 제국익문사 요원들과 힘을 합쳐 몇 명의 정보원을 받아들였다.

물론 저들이 추천했다 해서 무조건 믿지는 않았다.

영입하고 나서도 한참 동안 미행과 감시를 해서 딴마음을 먹지 않았는지 검증하곤 했다. 또한 제국익문사와 정보망이 연결되다 보니 요주의 인물, 혹은 보호해야 할 인물에 대한 파악도 상당 부분 진행된 상황이었다.

얼마 전에는 일본 헌병대로 끌려갈 뻔한 이유인(李裕寅) 대감을 구출한 일도 있었다.

이유인 또한 황제의 측근인사로 이름이 높았다.

그는 술사(術士) 신분으로 출사한 전형적인 별입시였

다. 천한 신분이었음에도 탁지부 대신과 한성부 판윤, 법부대신 등의 직위를 역임한 고위급 인사였다.

그는 작년에 낙향해 의병을 모으는 일을 했다.

경북 예천에 기반을 두고 여러 유림 지도자와 과거 의병에 가담했던 세력을 격동시키자 추종자가 급속도로 불어나 삼남—호남, 충청, 영남—에 모두 연결되는 놀라운 상황이 연출되었다고 한다.

이에 일제 당국은 그가 상경한다는 첩보를 입수하자마자 체포 작전에 들어갔는데, 제국익문사에서 이 정보를 알아채고 정종한 팀장에게 그를 구해 달라 부탁한 것이다.

덕분에 이유인의 운명도 달라지게 되었다. 원래 그는 이 일로 일제 헌병대의 조사를 받은 지 몇 년 후, 황제와 재야의병과의 연관관계를 밝히기 위한 일제의 조사가 시작되자 황제를 보호하기 위해 1907년 예천에서 스스로 목숨을 끊게 된다.

그밖에 후일 충북 황간에서 의병을 일으킨 노응규(盧應奎)가 그 준비를 위해 여러 대관들과 모의하던 현장에서 이를 염탐하던 밀정을 잡아 처리하기도 했다.

이처럼 황명을 받은 황제의 측근들이나 별입시들이 자

신의 문객─추종자 혹은 지인 그룹─들을 동원해 활발하게 움직이며 전국에서 의군을 조직하고 있었다.

심상훈(沈相薰), 한규설(韓圭卨), 이유인(李裕寅), 민영기(閔泳綺) 등의 고위직 인사를 비롯, 김현준(金顯峻), 원유상(元有常) 같은 하위직 별입시들이 의병 조직의 꼭지점에 해당되는 인사들이었다.

특히 후세에 의병장으로 이름이 높았던 신돌석(申乭石)은 김현준, 이규홍(김현준의 절친), 이상룡(이규홍과 동문), 신돌석, 이렇게 이어지는 라인을 따라 의병을 일으키게 된다.

즉, 신돌석은 김현준이 꼭지점으로 있던 라인에 속했던 것이다. 홍범도 장군의 의병진영도 별입시였던 주석면(朱錫冕)과 관련이 있었다.

주석면은 회령 출신으로 황제의 최측근인 이용익과 의형제 관계를 맺은 인물이었다. 또 홍범도 의군엔 박충보(朴忠保)란 미지의 인물도 등장한다.

그에 관한 기록은 아무도 찾지 못했다.

단 하나 남아 있는 것은 홍범도 의군이 중국 관료에게 도움을 요청하는 내용으로 보낸 서한이었다. 여기에서 박충보는 모사장이란 신분으로 기재되었는데 차도선이나 홍범도보다 더 윗줄에 그의 이름이 있었다. 이를 보면 결국 이 인물도 황제의 밀사일 가능성이 컸다.

이런 식으로 한말에 일어난 의병운동은 복수의 점 조직 네트워크를 따라 명령 계통을 세워 움직인 것이다.

이런저런 복잡한 움직임 덕분에 민우는 더 많은 일거리를 떠안게 되었다.

"선배님, 아무래도 특전대 조직을 개편해야 하지 않겠어요? 13도 의군 일도 그렇고."

"개편? 하긴 일이 너무 많아지긴 했지. 일단 본부의 명령을 기다리고 있는 상황이라 더 있다 생각해 볼 문제 같긴 한데."

"13도 의군의 각도 거점 지역에 참모나 교관 자격으로 파견할 대원들은 기껏해야 각 두 명 정도면 되지 않겠습니까?"

"그렇긴 하지."

"하지만 지방의 진위대를 접수하는 작전이 문제입니다. 최소 한 팀씩은 필요할 거 같은데요?"

"한 팀 가지고 될까?"

"더 필요하겠죠?"

"그렇지. 한두 명 제거하거나 빼내는 일이면 모를까,

아예 다 제거해 버리는 일도 그리 어려운 일도 아니지. 하지만 장악하거나 흡수하는 일은 차원이 다른 문제니까."

"그러니까 개편이 필요하단 얘기죠. 특전대 전력도 더 늘려야 하고요."

"그럼, 고 국장이 아이디어를 짜서 올려 봐. 이번에 헬기가 오면 사령부에 전달하게."

민우와 대화를 나누는 경정민 또한 한성의 인재를 받아들이고 검증하느라 바쁜 나날을 보내고 있었다.

하지만 이날 민우가 급히 회의를 소집하자 하던 일을 멈추고 이 자리에 참석하게 되었다. 정종한과 진아람도 회의에 참석했다.

"박명환 팀장님은 언제 오십니까?"

"이번에 우리 팀원들 먼저 보낸다고 했으니까 다음번에 오겠지. 며칠 후에나 가능할 거야."

헬기의 좌석이 한정돼 있다 보니 정종한 팀의 대원들 중에 아직 한성에 오지 않은 이들도 있었고, 박명환 중령 팀 전체는 여전히 간도에 머물고 있었다.

"아무래도 박 팀장은 평양에 머무는 게 어떨까 하는 생각이 드네요."

"맞아. 이번에 인재들을 호위하는 일을 진행해 본 경험이 있으니 평양 쪽 일을 맡겨도 괜찮을 것 같은데……."

"이제 거점을 만드는 일을 서둘러야 합니다. 이것도 제가 개편 이야기를 꺼낸 이유 중 하나입니다. 아무래도 정보국의 인력이 한정되어 있고, 또 무력도 약하니까 특전대와 거의 한 몸처럼 움직여야 할 필요가 있습니다."

"그럼 우리 보고, 정보국 소속으로 들어가란 얘긴가?"

"글쎄요. 그 정도까진 생각해 보지 않았는데요. 꼭 그렇지 않더라도 지금처럼 일하면 되지 않겠습니까? 한성이야 제가 있으니 문제없다 해도, 다른 지역은 어떻게 합니까? 우리가 고용한 주민 출신의 정보요원들이 한 지역을 책임질 수 있겠습니까?"

"아하! 역시 그런 문제가 있었군."

"예편이든, 파견이든, 어떤 형식이건 상관없으니 본토 각 지역의 정보 책임자는 특전대에서 담당해야 한다는 거죠."

"그렇군. 무슨 말인지 알겠네."

"그리고 진아람 팀장님. 아무래도 정세가 심상치 않으

니, 폐하의 측근들에게 붙은 적의 끄나풀들을 서서히 제거하기 시작해야 할 것 같습니다."

"흠. 때가 되긴 했는데……."

"폐하의 움직임이 굉장히 활발해졌어요. 별입시와 측근 인사들을 동원해 의병을 조직해 나가는 시기가 되었다는 말이죠. 그러니 13도 의군을 조직하는 데 꼭지점 역할을 하는 인사들을 보호해야 13도 의군을 조직하기가 수월해진다는 얘깁니다. 만약 그분들이 움직이지 못하면 어느 지역이건 분명 펑크가 날 겁니다. 또 연루된 상당수의 사람들이 고초를 겪게 되겠죠. 그래서 그분들이 지역에 내려가 활동하기 전까지 한성에 있는 동안만큼은 우리가 힘을 써야 할 겁니다."

"듣고 보니 그렇군. 그럼 정보원을 더 늘리고 우리 대원들도 더 보충해야겠는데?"

"그렇습니다. 그래서 이번에 또 증원을 요청할 생각입니다."

"그러면 간도가 상당히 비게 될 텐데……. 13도 의군의 지원 건도 그렇고, 괜찮을까?"

"어쩔 수 없습니다. 치안대와 우리 정보국 요원들이 그 공백을 메워 줘야죠. 어차피 몇 달만 버티면 됩니다.

이제 겨울이 되면 간도 쪽의 첩보전은 거의 멈추게 될 테
니까요."

그때였다. 바깥이 조금 소란스러워지더니 익숙한 목소
리가 들려왔다.

"험! 험! 고 국장 안에 있는가?"

송선춘이었다.

민우가 방문을 열고 나가자 송선춘 곁에 30대 후반의
한 인물과 중년인 한 명이 서 있는 모습이 눈에 들어왔
다.

송선춘은 동행한 이들을 민우에게 소개했다.

김두성과 이유인이었다. 민우는 이미 이들에 대해 팀
장들에게 얘기를 들어 알고 있었다. 또다시 두 사람의 위
인과 대면하는 게 기뻤는지 민우는 활짝 웃으며 이들과
인사를 나눴다.

송선춘과 손님들까지 합세한 자리.

"여기 이유인 대감께선 왜놈 헌병대로부터 구해 줘서
고맙다는 인사를 하러 오셨다네."

민우는 정중하게 이유인에게 인사했다.

"고맙긴요. 마땅히 해야 할 일이었습니다. 그리고 제
가 한 것도 아니고 여기 장교 분들이 행한 일입니다."

"고 국장님이 한성의 책임자라 들었소. 그러니 그리 겸양하지 마시오."

이유인은 민우를 향해 공손히 고개를 숙였다.

"하하! 저야말로 감사합니다. 마침 잘 오셨습니다. 김 두성 총대장님과, 이 대감님께 드릴 말씀이 있었습니다."

민우는 먼저 황제폐하와 알현한 자리에서 나눈 이야기를 두 사람에게 들려주었다.

두 사람 모두 13도 의군의 조직에 관여된 인물이다 보니 큰 관심을 보이고 있었다.

민우는 김두성을 보고 질문을 던졌다.

"지방의 진위대가 왜놈들의 손에 장악 당한 상황이라 들었습니다. 맞습니까?"

"그렇소, 애석한 일이오."

"그럼 군 간부들도 다 친일파로 바뀐 겁니까?"

"꼭 그렇지는 않소. 일부 장교들이 변절한 것은 사실 이지만, 아직 다 그런 것은 아니오."

"그러면 첫 번째 작전으로 진위대 병력을 흡수하는 일을 해야 합니다. 그래서 병력도 얻고 무기와 탄약도 얻어야 합니다. 이들이 각 지역 의군 조직의 핵심이 되어야 한다는 말이죠. 어차피 이런 추세대로라면 왜놈들은 진위대와 시위대를 곧 해체할 겁니다. 지금도 계속 병력을 줄이고 있다고 들었습니다."

"맞는 말이오. 그런데 그게 가능하겠소? 진위대가 주둔한 곳엔 왜놈의 헌병대도 있고, 그 주변을 철저히 감시하고 있는데 말이오?"

"가능합니다. 폐하의 명령서와 더불어 우리 간도의 특전대 병력이 나서면 충분히 가능할 겁니다."

"특전대?"

"이런 작전에 특화된 군대입니다."

"그게 가능하다면야 정말 큰 도움이 될 게요. 그럼 그 부대가 도착할 때까지 우린 진위대에 대해 소상히 파악해야 할 것 같소만⋯⋯."

"그렇습니다. 솎아 내야 할 자를 철저히 가려내야 합니다. 또한 왜놈에게 회유된 자들 중, 첩자 노릇을 하려고 우리에게 합류하는 자들도 있을 테니 그자들도 다 가려내야 합니다. 쉬운 일은 아닙니다만, 잘 감시한다면 모두 잡아낼 수 있을 겁니다."

"허허, 알겠소. 내 모든 인맥을 동원해 최대한 알아보겠소."

이들의 얘기를 조용히 듣고 있던 송선춘이 입을 열었다.

"저 또한 윗분들에게 이 사실을 알리고 도움을 요청해 보겠소이다."

김두성 또한 황제의 최측근이다 보니 제국익문사에 대해 어느 정도 알고 있었다.

"오! 그렇다면 큰 도움이 될 게요. 고맙소이다."

"제가 알기로 김두성 총대장님은 왜놈들의 이목에서 벗어나 있어 문제가 없지만, 이유인 대감께서는 왜놈들에게 감시를 당하고 있습니다. 그리니 대감께서는 지방에서 활동을 시작하실 때, 거점을 산중 깊숙한 곳에 세우시고, 다른 인물을 내세워 활동하셔야 할 겁니다. 안 그러면……."

"알고 있소. 이번에 이 일을 겪고 나니 더 신중하게 움직여야 할 것 같다는 생각이 들었소."

"진위대 병력을 흡수하고 나면, 그 병력과 새로 모집한 의군을 중심으로 각 지역에 거점을 만들어야 합니다. 잠시만 기다려 주십시오. 지도를 꺼내 오겠습니다."

민우는 간도에서 새로 편집한 지도를 꺼내 왔다.

지형도 위에 현재 시점의 도시와 도 경계 등을 일일이

사람 손으로 그려 만든 지도였다. 민우가 꺼내 온 지도를 보자 사람들의 눈에 놀란 기색이 역력했다.

지도는 컬러로 인쇄된 데다 지형이 너무도 상세하게 그려져 있었다.

"오오! 이런 지도가 있다니. 놀랄 일이로고. 어떻게 이리 상세하게 그렸소?"

"하하하! 이게 바로 간도의 힘이옵니다. 앞으로 간도와 일을 하다 보면 놀랄 일이 많을 겝니다."

이들의 표정을 보자 송선춘이 나섰다.

앞서 안 자로서 약간의 우월감을 느끼는 듯했다.

"이 지도를 총대장님께 드리겠습니다. 굉장히 중요한 지도니 절대로 잃어버리시면 안 됩니다. 이런 상세한 지도가 왜놈들 손에 들어갔다 생각해 보십시오."

김두성은 민우의 말을 듣고 상상해 보더니 고개를 절레절레 흔든다.

"당연한 얘기요. 행여 그럴 일이 생긴다면 아예 태워 버리겠소."

민우는 고개를 끄덕이더니 말을 계속 이어 갔다.

"이 백두대간을 중심으로 거점을 배치해 주시면 좋겠습니다. 그리고 백두대간이 지나지 않는 지역이라도 산

맥으로 이어지는 곳에 마련해야 합니다. 왜 이런 말씀을 드리냐, 하면 포위되어 섬멸당할 수 있는 곳을 피하자는 겁니다. 산맥을 따라 연락망을 구축하고 퇴로도 확보하잔 얘기죠."

"흠! 좋은 생각이오."

김두성은 지도를 짚어 가는 민우의 손가락을 따라 시선을 움직이고 있었다.

"그리고 진위대의 무기와 탄약을 얻으면 지역부대 별로 무기를 재조정해 보급해야 합니다. 진위대의 무기가 여러 종류인 걸로 알고 있습니다. 그러니 최소한 지역별로 하나의 무기로 통일하자는 겁니다. 같은 지역 부대마저 여러 종류의 무기를 쓰면 보급 체계가 복잡해집니다."

"맞는 말이오."

"그리고 군자금의 일부를 저희에게 떼어 주시면 간도에서 무기를 구매해 드리겠습니다. 간도의 재정이 넉넉하다고는 하나, 13도 의군 전체에 무기를 보급할 정도의 여력이 있는 것은 아닌지라……."

"오! 정말이오? 그럼 어느 나라 무기를 구매할 예정이시오?"

"러시아의 모신 나강 소총과, 독일의 마우저 소총을 생각하고 있습니다."

"대단하시오. 둘 다 최고의 무기들 아니오. 그리된다면 큰 힘이 될 겝니다."

"그리고 장병들의 가족 문제도 생각해야 합니다. 나라에서 의군들에게 급료를 지급한다 해도 가족의 안전이 걱정이 되면 맘 놓고 싸울 수가 없습니다. 왜놈들이 가족을 인질로 삼아 회유하면 안 넘어가는 이가 거의 없을 겁니다."

"그 문제도 걱정이외다…… 혹시 대안이 있으시오?"

"간도로 보내십시오."

"아니, 그 많은 사람을 간도에서 받아 줄 수 있소?"

"그렇습니다. 땅과 직업도 줄 수 있습니다."

"좋소. 의군을 모집할 때, 이 사실도 충분히 알려 주겠소."

무기 얘기를 끝으로 모든 논의가 끝나자 간도인들과 김두성 일행은 술을 곁들여, 못 다한 이야기를 나눴다.

자연스레 이뤄진 만남이었고 회의였다. 하지만 이것은 후일 하나의 역사적 사건으로 평가 받게 될 것이다.

나라를 되찾는 일, 그 첫걸음, 그 큰 걸음을 내딛기 시작한 날로 말이다.

　이 회합으로 인해 앞으로 일제는 심한 곤경에 빠지게
되리라.

제8장

의친왕 이강

간도진위대 사령부는 한성에서 내려온 과제 때문에 부산해졌다. 사안이 사안인 만큼 선견한국분견대의 추명찬, 김인수, 허찬, 김원교, 현홍근 등도 모두 참석했다.

"황명에 따라 이 시간 이후로 선견한국분견대는 해체되며, 소속 장병들은 간도진위대에 정식으로 배속됩니다."

"와아!"

짝짝짝짝!

역사적인 선언이었다.

선견한국분견대 출신의 장교들도 모두 이 선언을 기꺼

워했다. 러일전쟁의 종전과 동시에 진작 했어야 할 일이었다.

"그리고 폐하의 명에 따라 추명찬, 김인수, 허찬 이 세 분은 모두 대령으로 승진함과 동시에 앞으로 새로 편성될 제4연대와 5, 6연대의 연대장으로 정식 임명될 겁니다."

발표하는 장순택은 함박웃음을 흘리고 있었다.

"황은이 망극하옵니다."

세 사람은 연신 황제가 있는 남쪽을 향해 꾸벅거리며 절을 했다.

4연대란 이름을 붙이는 일로 작은 논란도 있었지만, 숫자에 대한 편견을 만들 필요가 없다는 결론을 내렸다. 또한 대한제국의 계급 명칭인 '참, 부, 정'을 간도진위대 방식으로 통일하기로 했다.

"그리고 현홍근, 김원교 이 두 분 또한 계급을 소령으로 인정해 주기로 했습니다. 축하합니다. 현홍근 소령과 김원교 소령."

"고맙소이다."

"하지만 조건이 있습니다. 이번 동절기에 반드시 우리 육군무관학교 속성 과정 교육에 다들 참여하셔야 합니다.

군사교육을 이미 받은 분도 계시겠지만, 간도진위대의 전술과 조직체계를 새로 익힐 필요가 있으니까요."

"하하! 물론이외다. 우리 또한 불감청고소원이었소."

추명찬은 껄껄 웃으며 간도진위대의 이 조치를 기꺼워했다.

"선견대 출신 장병들의 가족이 우리 세력권 밖에 거주하고 있는 경우, 서둘러 함경도나 간도로 모두 이주시켜 주십시오. 가족의 생계는 우리 주에서 책임지겠습니다."

이렇게 해서 선견한국분견대의 병력을 간도진위대에서 모두 흡수하는 절차를 마쳤다.

선견대의 현 인원은 1만 명을 넘었지만 간도진위대에서는 6천 명 정도만 받아들이기로 했다. 즉 2천 명씩 1개의 연대를 구성하게 한 것이다. 나머지 인원은 모두 35세를 넘은 병력들이었다.

이들 중 반수 정도는 치안대 인원으로 나머지는 보급대에 배속시키거나 주정부에서 일정 정도의 교육을 이수케 한 후 직원으로 채용하기로 했다.

그럼에도 문제는 남았다.

선견대의 장교 인력이 너무나 부족했던 것이다. 이번

에 소령으로 임명된 현홍근이나 김원교는 이제 20대 초 중반의 젊은이였다.

그리고 이범윤의 부관들 또한 대거 장교로 임명되었다.

6연대장인 허찬(許燦)을 필두로 오칠성(吳七星), 정남규(鄭南奎), 최군칠(崔君七), 김이걸(金利杰), 조상갑(趙尙甲), 신치옥(申致玉), 강칠성(姜七星), 강의봉(姜義逢), 김중국(金仲國) 등이었는데, 이들은 선견대에서 중간 간부로 활동하던 이들이다.

장순택은 선견대 측 인사들의 조언을 토대로 이들에게 소령에서 중위까지 각각 그 공에 맞게 계급을 부여했다.

이들 중에도 나이가 계급에 맞지 않게 어린 이가 꽤 많았다. 이들을 모두 장교로 임명했는데도 빈 보직이 많았는데, 특히 소대장과 중대장은 그 정도가 심했다.

간도진위대에 영관급 장교는 차고 넘쳤기에 이들을 골고루 섞어 재배치하면 대대장급 이상의 보직은 문제가 없었다.

그래서 장순택은 이번 기회에 기존 간도진위대 장교들의 계급을 완전히 재조정하기로 마음먹었다.

간도군의 부사관급 병력들을 대거 장교로 승진시키기로 한 것이다. 앞으로 있을 모든 전투에서 전공을 세우는

데로 계속 특진을 시키면 충분히 가능했다.

이에 따라 도래인 출신의 병사들은 하나도 빠짐없이 장교가 될 것이다.

그리고 차제에 홍범도 또한 겨울이 오기 전까지 고속으로 승진시켜 최소 중령으로 계급을 조정해 주기로 했다.

지휘부는 홍범도의 계급이 김원교나 현홍근보다 높아야 한다고 생각했기에 이런 계획을 세운 것이다.

이번 3연대 임무에서 몇 번의 전공을 세웠고, 또 앞으로 마적토벌전이나 청 관군과 벌일 전투에서 전공을 세우는 대로 승진시키면 충분히 가능할 일이다.

홍범도뿐만이 아니었다.

그와 더불어 같이 입대했던 그의 동료들이나 의병으로 활동했던 이들도 이번에 같이 승진시키기로 했다.

그간 여러 전투에 참가해 전공도 많이 세운데다, 연령대도 높아 이번에 그 부담을 털고 가기로 한 것이다. 물론 이번에 재조정된 인사들이나 부사관에서 위관으로 승진할 이들 또한 겨울철에 개설되는 장교 교육을 받아야한다.

"이제 드디어 우리 군이 사단 규모가 되었습니다. 하

지만 아직 옛 선견대 장병 분들의 훈련을 다 마치지 못한 관계로 사단에 걸 맞는 전력을 갖추었다고 보기는 힘듭니다. 새로 연대장이 되신 분들은 사령부에서 보내 줄 작전참모들과 호흡을 맞춰 가며 새로운 전술을 숙지하시길 바랍니다. 또한 훈련을 마치면 연대끼리 장교와 병력을 교환하여 모든 연대가 고른 전력을 갖추도록 하겠습니다."

장순택의 이런 결정은 명령과 지휘체계, 전술을 통일하기 위한 조치였다.

이에 따라 옛 선견대 병력들의 훈련이 끝나는 대로 기존 간도진위대와 동일한 무기를 공급받게 된다. 그리고 이들이 보유하고 있던 구식 무기는 모두 수거하여 13도 의군이나 치안대에 지원해 주기로 했다.

"단 한 정이라도 우리 무기가 외국에 흘러 들어가서는 안 됩니다. 그러니 지휘관 여러분들은 총기 관리를 철저히 하시고, 적에게 매수되어 총기를 빼돌리는 자도 나타날 수 있으니 엄격하게 통제해 주시기 바랍니다."

새로 연대장이 된 이들도 간도진위대의 무기가 이 시대 다른 무기보다 월등히 뛰어난 무기임을 잘 알고 있으므로 장순택의 말뜻을 이내 납득할 수 있었다.

"자! 다음 과제는 남쪽에서 결성될 예정인 13도 의군의 지원 문제입니다. 민정기 특전대장. 먼저 계획된 안을 설명해 주시죠."

민우와 한성의 특전대 팀장들이 올린 안건에 대해 사령부는 이미 상당한 시간 토론을 벌인 뒤, 계획을 승인했다. 지원부대에 대한 세부 계획은 민정기 특전대장에게 모두 일임한 상태였다.

"일단 13도 의군은 정규군이 아닌 유격대 성격으로 운용할 생각입니다."

"유격대라, 역시……."

"좋은 계획입니다."

누구나 동의할 수밖에 없는 안이었다.

"첫 번째 작전으로 먼저 지방의 진위대들, 각 연대본부와 분견대 등을 모두 흡수해 13도 의군 조직의 핵으로 만들 생각입니다. 이에 따라 이 작전을 담당할 부대를 따로 분리하기로 했습니다. 특전대 인원 300여 명 중에서 반 정도를 차출해 13도 의군 특파대라 명명하고, 총 책임자로 서두수지대 지대장이었던 정환교 대령을 임명하기로 했습니다."

대한제국 진위대는 전국에 6개 연대, 18개 대대에 약

2만 명의 병력이 편제되어 있었다.

그러나 군권을 장악한 일제가 올해 4월에 8개 대대로 감축한 상태였다. 이들 대대의 주둔지는 수원, 청주, 대구, 광주, 원주, 황주, 평양, 북청에 있었다. 간도군 사령부는 일단 이들 8개 진위대를 작전 목표로 삼기로 했다.

민우는 황제의 첫 번째 명령을 이행하기 위해 정보를 모으고 있었다.

먼저 의친왕 이강의 저택이라 할 수 있는 사동궁(寺洞宮) 의친왕부(義親王府) 주변을 밀착 감시했다.

또 의친왕이 외부로 출타하는 과정도 지켜보며 호위하는 인물들도 면밀히 관찰했다. 워낙 중요한 사안인지라 이 작전에 진아람 팀장이 지휘하는 특전대 일 개 팀이 모두 참여했고, 송선춘도 도와주고 있었다.

"송 주사, 의친왕 전하의 측근들 성향이 어떤가?"

의친왕부의 책임자인 의친왕부 총판(義親王府 總辦)은 민철훈(閔哲勳)이었다.

민철훈은 명성황후의 친족이었고, 독일공사 등을 역임한 관료였다. 의친왕의 호위부대라 할 수 있는 친왕부 무관은 정위(대위) 일인과, 몇 명의 호위대로 구성되어 있다.

"볼 것도 없네. 왜놈들은 전하를 주시하고 있다네. 그러니 자신의 손아귀에 든 자들을 호위로 들여놓았지. 총판 민철훈도 믿을 수 없는 자일세. 심약해서 왜놈들이 윽박지르면 바로 꼬리를 내릴 인사라 할 수 있지."

"하기야…… 그러니 친일파 명부에 들었겠지."

"그게 무슨 말인가?"

"아, 그, 그러니까 친일파로 변할 소지가 있는 자란 말이지."

"맞는 말일세."

"호위대 병사들도 모두 그런가?"

"그것까진 모르겠네. 하지만 지휘관만큼은 친일파가 확실할 걸세."

"흠. 어쩐다……. 저들을 다 없앨 수는 없는 노릇이니…….."

"그러게 말일세. 왜놈에게 매수된 자들이 대놓고 나 친일파요, 하지는 않으니, 우리도 가려낼 방도가 없었네."

"그렇다면…… 좋아. 그럼 폐하께 모레 일을 벌이겠다

고 고하여 주게."

"모레? 너무 이른 거 아닌가?"

"아니야. 지금 이 일 말고도 할 일이 산더미같이 쌓여 있어. 그러니 서둘러야지."

"알았네."

송선춘과 얘기를 나누는 중에도 민우의 시선은 줄곧 의친왕의 가마 행렬에 머물러 있었다.

이틀 후, 의친왕은 왕부를 나와 북한산으로 향했다.

나들이 명목으로 나온 길인데도 그의 얼굴은 긴장이 된 듯 조금 경직되어 있었다.

"좋은 날씨로고……."

가마 대신 말을 탄 의친왕은 긴장을 털어 버리기라도 하듯, 날씨 얘기를 했다.

"오랜만에 나온 외유인데, 즐거우시옵니까? 전하."

"즐겁다? 하하! 일국의 황자가 이런 상황에서 즐겁다고 말할 수 있겠소? 그런 그대는 즐겁소?"

정위 계급장을 단 장교는 의친왕의 반문에 얼굴을 찌푸렸다.

"저 또한 신하이옵니다. 그런 제가 어찌……."

"오호! 그대가 신하였소? 하긴 신하가 맞긴 하군. 어느 나라의 신하냐가 문제지만."

"전하!"

왕은 대놓고 자신을 힐난하고 있었다.

"정말 날씨 하나는 좋군."

의친왕은 그의 반응은 무시한 채, 다시 날씨 얘기로 돌아갔다.

호위 장교는 얼굴이 벌게진 채 이를 갈고 있었다.

북한산성으로 가는 길에 나무가 빽빽이 우거진 숲길이 나타났다. 호위 장교는 부하들에게 하마한 후, 더욱 조심해서 호위하라 명령을 내렸다.

숲길에 들어선 지 오 분도 지나지 않은 때였다.

푸슉!

"억!"

장교는 머리에 총알을 맞고 말에서 굴러 떨어졌다.

숲 속에 숨어 있던 진아람 팀원 중 한 명이 호위 장교를 저격한 것이다.

장교가 외마디 비명과 함께 말에서 굴러 떨어졌지만, 호위대 병사들은 총소리를 듣지 못했기에 장교가 실수로 말에서 떨어진 줄 알았다.

모두가 달려들어 장교의 상태를 살피다 이마에 구멍이 나 있는 모습을 보고 그제야 총에 당한 사실을 알아챘다.

"정위님! 이. 이런……."

경황이 없는 중에도 참교(參校, 하사) 하나는 장교가 이미 절명한 것을 발견하고 급히 조치를 취했다.

"전하! 적습이옵니다, 피하시옵소서!"

하지만 의친왕은 의연한 자세로 미동조차 하지 않았다.

그때였다.

"손들어!"

숲 속에서 복면을 한 장한 10여 명이 순식간에 뛰어나와 이들을 둘러쌌다.

"모두 무기 버려!"

"누, 누구?"

병사들은 아직 이 혼란한 사태에 적응하지 못한 모양이다.

하지만 적의 수가 만만치 않고, 포위된 상황을 인지하자 모두 무기를 버리고 두 손을 들었다.

진아람이 손을 들자 팀원들이 달려들더니 병사들을 순식간에 제압했다.

호위대는 고작 네 명에 불과해 쉽게 제압할 수 있었다.

"전하! 결례를 용서하시옵소서. 신은 간도자유주 소속의 고민우라 하옵니다."

제압 작전이 마무리되자 민우는 숲 속에서 나와 의친왕에게 다가오며 예를 표했다.

"오! 그대였구려. 아바마마로부터 얘길 많이 들었소, 반갑소."

의친왕은 말에서 내리더니 민우의 손을 덥석 잡았다.

"전하! 이제야 인사드리옵니다. 그전부터 전하의 모습을 먼발치에서 계속 지켜보았나이다."

"그랬나요? 하하! 고 국장은 너무 예의를 차리지 말고 고개를 드시오."

"황송하옵니다, 전하."

민우는 고개를 들어 의친왕의 얼굴을 자세히 살펴보았다.

그는 이십대 후반의 젊은이였다. 잃어버린 나라를 찾기 위해 고군분투했던 인물.

황족이 아닌 신민의 한 사람으로 봉사하겠다며 상하이 망명을 시도했던 그였다.

비록 망명이 실패해 일제로부터 작위도 빼앗기고, 더 혹독한 감시 하에 세월을 보내야 했다.

그는 백성들에게 가장 인기 있는 황족이기도 했다.

젊고 잘생긴데다 국제정세에 밝은 세련된 인물이었기 때문이다.

그의 이런 면모 때문에 일제의 견제를 심하게 받고 있었다. 원래는 고종에 이어 황제가 된 황태자 순종 다음의 황위 계승권자였지만, 일제 당국과 이완용 일파의 간섭으로 동생 영친왕에게 황태자 자리를 내주게 된다.

"그대를 얼마나 만나 보고 싶었는지 모른다오. 폐하께서는 황태자에게도 알려 주지 않은 사실이라며 간도에 대해 자세히 얘기해 주셨소. 또 그대가 진상한 그 영화란 것도 보여 주셨소. 정말 놀랍더이다."

"황공합니다, 전하! 그보다 서둘러 처결할 일이 있습니다. 이 포로가 된 병사들 중 왜놈들에게 포섭된 이가 있사옵니까?"

"음…… 과인도 모르겠소. 저 죽은 군관은 확실하나, 다른 이들은…….”

"간도엔 아무나 들이지 않습니다. 그 이유는 아실 것이옵니다."

"당연히 알고 있소. 그럼 저들을 어찌할 셈이오?"

"일단 데리고 산을 올라가야 합니다. 여기서 당장 어

찌할 수는 없는 일입니다."

"알겠소."

"자, 그럼 이제 헬기장으로 이동하셔야 하옵니다."

"그럼 가면서 얘기합시다."

숲길을 따라 다시 몇 시간을 이동한 후에야 헬기장이 나타났다. 헬기는 대기 중이었다. 간도에서 잔여 특전대 원을 태워 온 후, 이번 작전을 위해 대기하고 있었던 것 이다.

"오! 이것이 그 영화에 나왔던 기물이오?"

"그렇사옵니다, 전하. 밤이 깊으면 떠날 것이오니 잠 시 휴식을 취하시옵소서."

"알겠소. 잠시 구경이나 하고 있겠소."

그사이 민우는 진아람 팀장과 더불어 포로들을 한 사 람씩 격리해 심문하기 시작했다.

스스로 자수하지는 않겠지만, 변절한 다른 이를 지목 하라고 하면 살기 위해서라도 따를 가능성이 있기 때문 이다.

민우는 이들을 모두 의심하고 있었다.

친왕의 호위대인 친왕부무관의 병사를 배치하는데, 일 본인 군사 고문이 이 인사에 개입하지 않을 리가 없기 때문이다. 더구나 의친왕은 요주의 인물이었다.

잠시 후, 민우는 심각한 표정으로 의친왕과 이야기를 나누었다.

의친왕도 한숨을 쉬더니 고개를 끄덕거린다. 결국 이렇게 이들 병사의 운명이 결정되었다.

특전대원 몇 명이 이들을 끌고 다시 산을 내려가는 모습을 물끄러미 바라보던 의친왕.

"저들은 죽게 되는 것이오?"

"그렇사옵니다, 전하."

"왜놈의 끄나풀이라 하나 그래도 과인을 호종하던 이들이라 조금은 정이 들었는데……."

"어쩔 수 없나이다. 저들을 데리고 간도로 들어갈 수도 없는 노릇이고, 가더라도 사형을 당했을 것이옵니다."

"맞는 말이오. 그럼 간도에선 저런 반역자들을 모두 처단하고 있소?"

"그렇지는 않습니다. 백성들 중 단순 매수되어 밀정 짓을 하는 이들은 10년 노역형에 처하고 있습니다. 아직 군인이나 공직자 신분으로 죄를 저지른 자는 없습니다만, 그런 자들은 무조건 사형에 처할 예정이라 들었습니다. 관원이 아니더라도 사회적으로 명망이 있는 이들도 그렇게 처결할 겁니다."

"잘하고 있는 일이오. 그러고 보면 한성엔 사형당할 자들이 참으로 많을 것 같소."

"물론입니다. 지금 그들의 이름과 죄상을 낱낱이 기록하고 있습니다. 저들을 모두 처단할 날이 언젠가 올 것입니다."

"허허! 그날이 빨리 왔으면 좋겠소. 그보다 간도 얘기나 더 해 주시오. 무슨 얘기든 좋으니 말이오."

이 말을 시작으로 의친왕은 민우에게 수많은 질문을 던지기 시작했다. 민우는 그 많은 질문에 답하느라 입이 아플 정도였다.

"그럼 간도의 대한독립전선 출신 중에 공화주의자는 없소? 분명 서양에서 공부했다면 프랑스 혁명도 알 테고, 그 사상에 동조하는 이들도 꽤 많을 것 같소만."

참으로 곤란한 질문이었다.

황족에게 공화주의자는 분명 적이기 때문이다.

"송구하오나…… 있습니다. 하지만 이들은 서양 사조를 무조건 추종하지는 않습니다. 상황에 맞게, 시대 환경에 맞게 유연하게 사고할 줄 안다는 말입니다. 그러니 전하께서 걱정하시는 일은 일어나지 않을 것이옵니다."

"허허! 걱정한다라……. 과인은 꼭 그렇지 않소. 내비록 황족이라 하나, 이보다 중요한 것은 나라이고, 백성이란 소신을 갖고 있소. 내 나라에 황실이 없어지는게 도움이 된다면 그래야 마땅하다 믿고 있다 이 말이오."

"전하!"

민우는 깜짝 놀라 저도 모르게 고개를 들어 의친왕을 바라보았다.

"오랜 미국 생활 탓에 공화제가 아주 익숙해서 그런지도 모르겠소. 하하하! 그래, 고 국장은 어떻소?"

민우는 잠시 뜸을 들이더니 조심스레 이야기를 꺼냈다.

"솔직히 신은 그 무엇이든 상관없나이다. 백성이 주인이란 것만 인정된다면, 그 어느 제도라도 받아들일 수 있습니다."

"백성이 주인이라…… 허허! 원래 조선도 그런 건국이념을 가진 나라였지……."

의친왕은 팔을 쭉 뻗어 기지개를 켜더니 고개를 돌려 민우를 정면으로 바라보았다.

"고 국장이란 분이 이렇게 젊고 잘생긴 분일 줄이야. 지금 서른둘이라 들었소. 과인보다 연치가 위이니, 과인을 동생처럼 여기고 많이 가르쳐 주시오."

"전하! 제가 어찌……."

확실히 미국 생활을 오래해서 그런지 의친왕의 언행은 거침이 없었다.

"그럼 후일 간도에서 봅시다."

밤이 더욱 깊어지자 의친왕은 헬기를 타고 간도로 향했고, 의친왕을 배웅한 민우 일행은 서둘러 하산했다.

며칠 후, 의친왕이 납치당했다는 소식이 한성을 강타했다.

일본 헌병대는 북한산성 일대를 샅샅이 수색해 호위병들의 사체를 발견한 뒤 이 사실을 공표했다.

황제가 크게 분노해서 군부 고문을 크게 꾸짖었다는 얘기도 돌았다.

각국 공사관에서도 이 사건에 큰 관심을 기울였다. 어떤 서양 외교관은 눈에 가시 같은 의친왕을 일제가 암살했다고 수근 대기도 했다.

일본공사관 또한 이 일로 비상이 걸렸다.

하야시 공사는 처음 이 소식을 듣자 길길이 날뛰었다. 분명 불순한 무리가 의친왕을 구심점으로 삼아 일을 벌이려고 납치한 게 뻔한데 오히려 정동 외교가에서 자신들을 의심하고 있으니 더 억울했다.

지난 경운궁 화재 사건 때도 이랬다.

"범인의 꼬리는 전혀 잡지 못했소?"

"어떤 단서도 남아 있지 않답니다."

"정말 미치고 펄쩍 뛸 일이군. 이번에 본국에 돌아가면 꽤나 추궁 당하게 생겼소이다."

"죄송하게 되었소."

다카야마 헌병대장은 마치 죄라도 지은 것처럼 하야시 공사 앞에서 얼굴도 못 들고 있었다.

"그럼 어떤 무리가 의친왕을 납치했을 것이라 짐작됩니까?"

"아무래도 폭도 무리 중 하나겠지요."

"그렇다면 간도는 어떻소?"

"일리가 있는 얘깁니다. 우리 손길이 닿지 않는 곳이니 일을 벌이기엔 아주 적당한 곳이죠."

"그렇다면 이번 건도 한황의 계략이란 말인데……"

"한황이라⋯⋯."

"상하이로 망명한 현상건과 이학균이 갑자기 사라진 사건이 그렇고, 그들을 감시하던 우리 요원도 행방불명 되었고, 뭔가 이번 사건과 닮은꼴인 것 같지 않소?"

"이익! 계속 이렇게 나오면 황제고 뭐고 당장 죽여야 하는 거 아닐까요?"

안 그래도 한성에서 계속 터지는 사건 때문에 스트레스가 극도에 달한 헌병대장이다.

"허허! 나도 그리고 싶소만 이 상황에서 그런 일을 벌였다가는 국제사회에서 우리 일본제국은 완전히 고립될 거요. 어쨌든 간도가 유력하다면 당장 길목을 차단해야 하는 거 아니오?"

"알겠소. 당장 지시를 내리겠소이다."

"흑룡회에서 조사 의뢰 받은 건은 어떻게 되었소?"

"그 사건들 때문에 골머리를 앓고 있습니다. 어떻게 약속이나 한 것처럼 한황 측근들을 감시하던 밀정들이 한꺼번에 행방불명됐는지⋯⋯. 게다가 흑룡회 소속 낭인들 몇 명도 이번에 변을 당했다 합니다."

"흠⋯⋯ 우리가 모르는 비밀 조직이 있는 모양이오. 이 또한 한황이 벌인 일이겠지."

"비밀조직이라 했소? 하긴 조직적으로 일을 벌인 걸 보면 뭔가가 있는 것 같기는 하오."

"협력자들은 틀림없이 행방불명 된 게 아니라 살해당했을 겁니다. 그뿐만이 아니오. 우리가 매수한 궁내부의 하위 관료들이 모두 해임되고 있소이다. 고문들이 강하게 항의하고 나오니까 그럼 보직이라도 변경해야 한다고 떼를 쓰고 있소. 뭐 불손한 행동을 했다는데 달리 변명할 말도 없어 한황 측의 말을 들어주고 있지요. 덕분에 우리 눈이 많이 가려졌소. 이 문제 또한 대책을 세워야 합니다."

"꼭 마지막 발악 같군요."

"하하! 마지막 발악이라…… 적당한 표현이군요. 하여간 수사를 서둘러 주십시오. 흑룡회에서 의뢰한 건도 마찬가지고."

민우네가 벌인 이 일로 일본공사관은 선불 맞은 멧돼지 꼴이 되었다.

이 때문에 일본공사관과 한국주차군 사령부, 헌병대가 초긴장 상태에 들어갔고, 일본 요인에 대한 경호도 더욱 강화되었다.

일본 공사관에서 대책회의가 열리고 있을 때, 종로에 자리한 황성신문(皇城新聞) 사옥에서도 사장 겸 편집인인 장지연(張志淵)의 주관 하에 열띤 편집회의가 열리고 있었다.

비단 이 신문사만 그런 게 아니라 지금 한성에서 발행되고 있는 다른 신문—영국인 베델이 창간한 대한매일신보(大韓每日申報)와 제국신문(帝國新聞)—도 의친왕 납치 사건에 대해 지면을 엄청나게 할애해 자세히 보도하고 있었다.

이 당시 신문은 민중들이나 지식인들에게 막대한 영향력을 발휘하고 있었다.

국내 소식뿐만 아니라 해외 소식도 꾸준히 게재하고, 논설이나 기고문을 통해 신문물을 소개하거나 민중을 교육하는 기능도 담당했다.

이들 덕분에 대한제국 사람들은 세상의 흐름을 빠르게 따라잡을 수 있었다.

국한문 혼용 신문인 황성신문은 지식인들에게 환영을 받았다.

반대로 한글과 영문 혼용신문인 대한매일신보나 순 한글 신문인 제국신문의 주 독자층은 민중들이었다.

한문을 많이 쓴다 해서 황성신문의 논조가 꼭 보수적인 것은 아니었다.

1898년 사장 남궁억(南宮檍)이 창간한 이래 유근(柳瑾), 박은식(朴殷植) 등이 논설위원으로 활약하였고, 이제는 장지연(張志淵)이 사장으로 선출되어 신문 출간을 지휘했다.

이 신문은 일본이 요구한 황무지 개척권 요구 건, 한일의정서 체결 건 등 굵직한 사건이 있을 때마다 확고한 반일입장을 취한 적이 있어 이미 일본 당국의 눈 밖에 난 상태였다.

"의친왕 전하를 왜놈들이 납치했다는 소문에 대해 어떻게 생각하시오?"

장지연 사장의 물음에 20대 중반의 젊은이가 고개를 세차게 가로저으며 대답했다.

"그럴 리가 없습니다. 다 헛소문입니다. 틀림없이 폐하께서 빼돌리셨을 겁니다. 황실의 대가 끊기지 않게끔 미리 조치하신 게 틀림없습니다."

"하긴…… 폐하께선 늘 시해 위협이 시달리고 계셨으니."

현 황제만큼 죽음의 고비를 넘긴 군주는 많지 않을 것

이다.

갑신정변, 임오군란, 갑오개혁, 김홍륙 독차사건.

이 수많은 사건 때마다 황제는 생명의 위협을 당했다. 그리고 지금은 황태자와 더불어 일제의 손아귀에 들어있는 형국이니 더 말할 나위가 없었다.

"그러니까 이 사건은 쾌거입니다. 아주 경하할 일이란 말입니다."

"하하! 그렇군요. 하지만 논설은 그렇게 쓰면 안 됩니다."

"물론입니다. 왜놈들의 소행일지도 모른다는 느낌이 솔솔 풍기도록 쓸 생각입니다."

"의친왕 전하는 어디로 가셨을까요?"

"……간도일 겁니다."

"간도? 요즘 너무 간도에 빠져 있는 건 아니오? 우린 소문에 너무 민감하면 안 되오. 난 아직도 간도에 대한 소문을 온전히 믿지 못하겠소. 너무 허황되고…… 게다가 간도에 대해서 아무런 공식적인 발표도 없지 않소?"

"아닙니다. 제가 조사해 본 바로는 심상치가 않습니다. 폐하의 측근 대신들의 움직임도 그렇고, 너무 쉬쉬하는 느낌이랄까? 게다가 제 지인들 상당수가 저번 달에 간도로 들어갔다 합니다. 또한 다른 지인들 몇 명이 간도로 갈 준비를 하고 있다는 얘기도 들었습니다."

"흠…… 그렇다면 조직적인 움직임이 있단 얘긴데."

"제가 추측하기로, 폐하와 간도는 분명 기맥이 통해 있는 것 같습니다. 제가 끈질기게 추적하고 있으니 언젠가 그 진상이 드러날 겁니다."

"어떤 단서라도 잡았소?"

"그건 아니지만 간도 이주를 결심한 이와 연결되어 그 핵심부에 연통을 넣어 보았습니다. 조만간 답변이 올 겁니다. 물론 제가 신문사에 몸담고 있는 관계로 그쪽에서 거절할 가능성이 크단 얘길 들었지만, 어떻게든 부딪쳐 보려 합니다."

"허허, 조심하시오. 돌아가는 모양새를 보니 모두 은밀히 진행하는 모양인데 괜히 깊이 캐려다 다칠 수도 있어요."

"하하! 잘 알겠습니다."

"그리고…… 그 비밀을 알아냈다 해도 섣불리 기사로 쓰지 마시오. 잘못하면 우리가 매국노로 찍히는 수도 있으니."

"제 추측이 맞는다면 절대 그러지 말아야지요."

이 젊은 논설위원을 바라보는 장지연의 눈빛은 언제나 따뜻하기만 했다.

민우는 요즘 들어 밤낮없이 일을 하고 있었다.

낮에는 현상건과 이학균의 가족을 간도로 보내는 일, 13도 의군을 편성하는 일, 일제에 고용된 밀정들을 쫓는 일 등을 하고, 밤이 되면 황제의 측근들과 비밀회의를 하거나 이차 간도 이주민을 선별하는 일을 하고 있었다.

지금도 이상설 선생이 추천한 한 인물을 만나 면담을 하고 잠시 숨을 고르고 있던 터였다.

갑자기 대문 밖이 시끄러워졌다.

둔탁한 소리가 나더니 이내 큰 고함 소리도 들렸다. 그리고 이내 대문이 벌컥 열렸다.

경정민 팀장이었다.

"고 국장! 또 왜놈 끄나풀이야."

경정민은 한 젊은이의 멱살을 잡더니 땅바닥에 패대기 쳤다.

"왜 이러시오! 난 왜놈의 주구가 아니란 말이외다."

젊은이는 큰 소리로 자신의 결백을 주장했다.

"아, 이놈이 집 주변을 살금살금 돌아다니길래 유심히 관찰했지. 그런데 방금 전 월담을 하려고 하더라고."

"그래요? 간이 큰 놈이네요. 여기가 어디라고…… 하하!"

"남의 집 담을 넘으려 한 건 내가 잘못한 일이니 용서를 구하겠소만, 난 매국노가 아니오. 그런 오해를 받고 있다는 사실 자체도 너무나 치욕스럽소이다."

"오호! 상당히 당찬 인사일세. 그런데 끄나풀들이 대개 자네같이 생겼더만. 단발을 한 것도 그렇고."

"단발은 내가 느낀 바가 있어 큰 결심을 하고 한 것이오."

"그래? 일진회 놈들도 자네처럼 큰 결심을 하고 단발을 한다고 하던데?"

"우욱! 일진회? 날 뭘로 보고! 당장 사과하시오! 이런 치욕을 당하느니 차라리 죽는 게 낫겠소!"

순간 민우는 조금 움찔했다.

지금까지 잡은 밀정과 상당히 다른 태도를 보이는 것을 보니 뭔가 있는 것 같았다. 민우는 입가에 번져 있던 비웃음의 표정을 지워 버리고 진지한 태도를 보이기 시작했다.

"그럼 왜 월담을 하려 했나?"

"내가 얼마 전 지인을 통해 만나 보고 싶다고 연통을 넣었는데, 거절을 당했소이다. 그래서 궁금증을 못 참고 그 지인을 미행해 여기까지 왔던 것이오. 그러니 어쩌겠소. 호기심은 동하는데 만나 볼 길은 없고……."

"그럼 문을 두드리든가……."

"나는 뭐 당신들을 살피지 않은 것 같소? 장한들이 눈빛을 빛내며 경계하더이다. 허락되지 아니한 자가 접근하면 당장 죽일 태세로. 그러니 면담을 거절당한 마당에 날 대문으로 통과시켜 줄 것 같지 않아서 그랬소."

"그렇다고 담을 넘어?"

"그건…… 이곳 책임자와 만나고 싶어서. 만나면 분명 오해도 풀 수 있을 테니까."

"무엇이 그렇게 궁금했지?"

"간도요."

"간도?"

"나도 어느 정도 파악하고 왔소. 간도에 대한 소문도 들었고, 요즘 같은 시국에 간도에선 좋은 소식만 들리더이다. 그러니 어찌 궁금하지 않겠소?"

"흠…… 그러고 보니 지금까지 이름을 묻지 않았군. 이름이 뭐요?"

"황성신문에서 논설위원으로 일하고 있는 신채호라 하오. 단재란 호를 쓰고 있소."

또 한 명의 위인과 마주한 민우.

민우는 이제 그다지 놀라지도 않았다.

이제 이런 일에 많이 익숙해진 모양이다. 최소 겉으로 감정이 드러날 정도까진 아니라는 말이다.

하지만 그의 속내가 그런 것은 아니다. 이번에도 역시나 심장이 빠르게 뛰고 있었다.

"단재 신채호? 황성신문의?"

"그렇소."

"아! 이런…… 미안합니다. 우리가 선생께 큰 결례를 저질렀네요."

민우는 마당으로 뛰어 내려가 신채호를 일으켜 주었다.

경정민 중령 또한 연신 사과하며 고개를 굽신거렸다. 이들의 확 바뀐 태도에 살짝 당황한 신채호.

"뭔가 착오가 있었나 봅니다. 전 선생의 면담 요청을 받은 적이 없습니다. 그러니 거절하지도 않았지요."

"큼! 그렇다면 내 지인이 지레 안 될 거라 생각해 거절당했다 둘러 댄 모양이외다. 그런데 절 아시는 걸 보니 황성신문을 읽으시나 보오."

"하하! 네, 그렇습니다. 자자! 안으로 드시지요."

신채호는 한 달여간 끊임없이 자신을 괴롭힌 간지러움, 감각을 예민하게 자극하는 것에 대해 생각했던 것보다 더 많은 것을 알게 되었다. 그것은 일생일대의 사건이었다.

민우의 긴 설명이 끝나자 그의 얼굴은 이미 눈물범벅이 되었다.

신채호는 갑자기 일어나 민우에게 절을 했다.

"국장님, 부디 저를 받아 주시오. 내 목숨을 바쳐 이 나라를 위해 일하겠소이다. 제발 내게 기회를 주시오, 제발……."

민우 또한 신채호의 눈물에 전염이 되었는지 연신 눈물을 손등으로 찍어 내린다.

지금 신채호는 한창 젊은 나이였다. 중년의 모습만 알던 민우가 그래서 신채호를 몰라 본 것이다.

뜨거운 열정과 기개로 평생 불꽃같이 살았던 단재 신채호 선생.

천재적인 두뇌의 소유자이자, 뜨겁게 조국을 사랑했던 인물.

이제 그의 눈이 밤하늘의 별처럼 빛나고 있었다. 억눌렸던 미래, 민족의 불운과 함께 어둠에 저당 잡혔던 그의 미래가 이제 환하게 밝아 오고 있었다.

〈『간도진위대』 제7권에서 계속〉

이용익

이화영

최재형

현상건

홍범도

정채관, 이상설

공립협회 창립멤버

이강

안창호